U0120502

芙蓉岭
历险记

郑华枫 著

海峡出版发行集团 | 海峡文艺出版社

图书在版编目（CIP）数据

芙蓉岭历险记/郑华枫著. —福州:海峡文艺出版社,2023.11(2024.1重印)
ISBN 978-7-5550-3514-5

Ⅰ.①芙… Ⅱ.①郑… Ⅲ.①故事－作品集－中国－当代 Ⅳ.①I247.81

中国国家版本馆 CIP 数据核字(2023)第 200025 号

芙蓉岭历险记

郑华枫　著

出 版 人　林　滨
责任编辑　刘徐霖
出版发行　海峡文艺出版社
经　　销　福建新华发行(集团)有限责任公司
社　　址　福州市东水路 76 号 14 层
发 行 部　0591－87536797
印　　刷　福州印团网印刷有限公司
厂　　址　福州市仓山区十字亭路金山街道燎原村厂房 4 号楼
开　　本　720 毫米×1010 毫米　1/16
字　　数　100 千字
印　　张　11.25
版　　次　2023 年 11 月第 1 版
印　　次　2024 年 1 月第 2 次印刷
书　　号　ISBN 978-7-5550-3514-5
定　　价　29.00 元

如发现印装质量问题,请寄承印厂调换

世界这么美，为什么还会有伤害？

简单快乐的眼睛，为什么也会常含泪水？

如果暴虐不可避免，

勇敢坚持才是唯一救赎。

奔赴自由的路上总有更多自由的歌声，

怀揣爱的旅途才能遇见更多爱。

一路奔走，一路血战，

只为弱者发声，

为爱和自由歌唱。

这个动物世界，我们找到了什么

——序郑华枫《芙蓉岭历险记》

杨健民

在揪住暑假尾巴的日子里，我读了郑华枫的动物生态小说《芙蓉岭历险记》。读着读着，有了一种被生命存在的意志所牵引的感觉。我把小说初稿交给一位小学生读，他妈妈说，小朋友夜里躺在床上一直啜泣不止。次日我见到他时，他说每一页都能让他感动得掉泪。

孩子是天真无邪的，他的眼泪也许能够说明一些问题。开始阅读时，我也是怀着某种好奇心，翻了几页，居然被持续的吸引抓住了眼球。一部不到十万字的小说，我很快就把它读完了。我想应该说点什么。

这是一部动物生态童话小说，围绕一条狗被呵斥、驱逐、伸张正义的倔强一生，讲述了一个关于勇敢和自由、爱与救赎的故事。主人公元宝是一条平凡的乡村田园犬，目睹好友被盗狗人掳掠后，决定孤身救友。在救寻途中，它凭借一颗勇敢和善良的心，结识了失去爱人的斑鸠彩衣、为妻子复仇的大狼狗九歌、从熊场出逃的月亮熊惊雷以及同样为了搭救儿子四处奔走的野狗王老刀。元宝和朋友们一起经历了艰难的追寻、挫折的困顿以及凶险的厮杀，最后在血与火的洗礼中赢得了解救。小说用纯美而细腻的笔触，描述了动物视角下的乡村风土，叩问了凶虐与背叛、存在与毁灭、竞争与共生的生命主题，展现了追求爱与自由的生命底色。

"世界这么美，为什么还会有伤害？"小说反复陈述的这一主题，突出显示了动物世界"弱肉强食"的规律。动物想远离或回避人的世界，然而终究无法逃脱；动物世界里的尔虞我诈，在它们心里划伤了一道道深刻的口子——这是"芙蓉岭"的命运渊薮，也是动物世界映射出来的生命存在的终极行为。

在动物世界，生态永远是一个说不完的话题。各种动物际遇关系如同人际关系一样，都是一种"鸟为食亡"的搏杀。这部动物生态小说在于向读者提供一个生态平衡的视角和生态文明的空间，它是动物的视角，实际上也是人的视角——一切都为了这个本来应该美好的和谐共生的世界。

较之其他文学品类，动物生态小说更能直接、有力地指向关于存在的价值、意义、奥秘和瑰丽的生命主题，指向关于竞争、搏杀、共生和自生的生态思维，指向关于生命、生存、地球、和谐的天人感应，指向关于力量、意志、挫折和磨砺的成长命题。这些指向是刻骨铭心的，也是逼入灵魂的。在文学创作领域，动物生态文学包括动物小说、大自然文学、少年环境文学等，是少年儿童的重要精神钙质，正在成为新时代少年儿童文学的重要趋向。

有资料显示，近年来动物生态小说创作，涌现出了像牧铃的《荒野之王》《艰难的归程》《丛林守护神》三部曲，黑鹤的《草地上的牧羊犬》《驯鹿之国》《黑狗哈拉诺亥》《狼谷的孩子》，杨保中的《闯进高原动物圈》，毛云尔的《狼山厄运》《最后的狼群》等作品。中国轻工业出版社还推出了金曾豪的《义犬》、乔传藻的《丑狗》、朱新望的《傻熊》、牧铃的《兔王》等作品。其中，《义犬》还是一部集图书、网络、手机三位一体、同步发行上线的"全媒体动物小说"。

动物生态小说所呈示的动物世界，常常作为人类世界的投影而显现出一种特别的精神世界和价值追求。动物世界和人类世界的同构共生，往往为少年儿童提供了一种自发的好感和趣味，也显在地预示了创作者的艺术追求。许多孩子并未拥有一个文学的童年，他们对于文学的认识，仅仅体现在"作文"这个稚嫩的文学概念中。文学无所谓禁忌，给孩子们讲故事、讲大自然、讲动物世界，便成为一批作家乐于奉行并且身体力行的美妙之事。童书世界簇拥着孩子们梦想的偶像，飞炫着日月星辰智慧博大的光芒，吟唱着花草虫鱼甜美纯真的歌谣，演绎着飞禽走兽跌宕玄幻的传奇，它们甚至蕴含着孩子们的全部好奇心和想象力，以一种曲折而巧妙的方式传递着真善美，给孩子们以深邃久远的审美愉悦。那些运用拟人、虚拟、象征、寓意、隐喻、假设、映衬等艺术手法塑造出来的动物形象，可以传达出蕴含在动物世界中的"人"的价值追求和审美理想。

我觉得，《芙蓉岭历险记》里聚集的那些动物，构成了一种并非安宁的生态环境，所有的肆虐和搏杀，犹如一场台风可以把所有的树枝弯曲到最大限度，由此证明了一种肆无忌惮的力量曾经在这个生态空间极其紧张地存在过。

作者郑华枫是一位教育工作者，多年的从教实践经验，使得他对孩子们的阅读空间和阅读理解有了许多切身感受。《芙蓉岭历险记》这部动物生态小说作为他的处女作，得益于他的全部业余时间，也受惠于他的所有耳濡目染的童书情怀。这部小说让人在阅读的紧张中感受到一种悠然与清新，当然也取决于他愿意站在故事之外，为自己设定了那样的写作立场。这部小说情节生动，语言明亮，想象力丰富，寓意深刻，在娓娓道来的叙述中，勾勒出动物的语言世界和心理世界，用童书的语言造就一个动物生态空间，制造一个动物栖居的家园。语言即是作家的心境，郑华枫以清朗与脱俗、优雅与宽容的语言张力，符合了动物本身应有的品相，呵护住了一种全新的动物生态。在那里，潜伏着存在的意志和生存的欲望，积蓄着生命的所有力量。小说赋予一条狗以性格、思想和命运，让狗与其他动物交相辉映，互为镜像，从而传达出深沉的生态况味和哲理意蕴。可以说，这是一部清新的、值得阅读的作品。

"世界这么美，为什么还会有伤害？"这不仅是这部小说的主题，也是小说给予人们的深刻启迪，是一位热爱动物的作家对于动物生态和环境生态的眷恋。我甚至觉得，"芙蓉岭"为动物世界所提供的那个必要的厮杀情景——这种画面的展开肯定不是风平浪静的，而是对于"世界这么美"的一种智性的表达，从而为接下来的情节展开赋予一个个可能的游戏空间。小说没有任何的煽情，却能紧紧揪住读者的心灵，我想这就足够了。

在这个动物世界里，我们找到了什么？

2023 年 8 月 29 日

（本文作者系厦门大学文科期刊中心总编辑、教授。）

1

　　天还没大亮，整个芭蕉村还在酣睡之中。仿佛从梦境中溢出的拂晓的雾霭，轻纱似的流淌在村后山脚下大片大片的芭蕉叶上。一条瘦瘦的小溪从芭蕉林中悄无声息地滑出，绕着半个村子，小心翼翼地穿过村口的石桥底下，流向村外。一只早起的山麻雀从小溪这畔扑腾到另一畔，收拢着一双轻柔的翅膀，昂首啾啾轻唤了几声，左顾右盼一番，为自己打破黎明的静谧而略感歉意，于是低头不语，默默觅食。远处隐约传来几声公鸡的晨鸣，反倒让人们的睡意更浓了。

　　白露刚过，白天依旧延续着夏末的余温，可经过一个晚上夜的抚慰，清晨的大地开始有了初秋的凉意，空气清澈凉爽。元宝站在自己家院子的围墙边，使劲地向前拉伸两条后腿，又使劲地向后拉伸两条前腿，伸长舌头，打了个大大的呵欠。元宝是一条帅气的田园犬，他四肢修长，通体金黄，颈背上的毛泛着金属铜的光泽，毛茸茸的尾巴灵活蓬松，眼睛黑亮，两条眉毛上各有一处小黑点，使他线条温和的脸看起来略带忧郁。

　　距离陪伴主人晨跑的时间尚早，元宝抖了抖身体，从脑袋一路抖到大尾巴，然后咬着自己的尾巴转了两圈，趴在地上，惬意地把下巴搁在腿上。

一片柿子叶"噗"的一声掉落在元宝头上，这是今年掉落的第一片柿子叶。他愉快地抖了抖左耳，轻轻用嘴碰了碰落叶，闻着落叶干爽的清香。他喜欢院子围墙边的这棵柿子树，喜欢他的主人——那是个健壮快乐的小伙子，喜欢村里的狗伙伴们，喜欢芭蕉村的一切，这里安详平静。

元宝正打着盹，忽然闻到一股熟悉的气味，他兴奋地支起前腿，坐直了身体。柴犬小球是元宝最亲密的伙伴，她身上总有一股玉兰花香混合着彩色笔的气味，她的小屋搭在主人家院子围墙边一棵端庄的玉兰树下，她的主人——五岁的小胖妹球球认为小球是她的妹妹，并用自己的小名为狗命名，还喜欢用彩色笔在小球的脸上、尾巴上涂画，小球原本暖黄与雾白相间的漂亮毛皮上总带着各种奇怪的颜色，这让小球有点介意，可她从未抗拒，总任由小主人抱着她喃喃自语，口水喷到她的眼睛上，任由那双肥肥的小手在自己身上胡乱揉搓涂鸦。她多么喜欢被拥抱，喜欢别人快乐的样子！

在越来越淡的晨雾中，小球踏着欢步向元宝跑来，她微微上翘的嘴角，让她的脸上似乎总带着温暖的笑意。元宝站了起来，歪着头，鼻子呜呜叫唤着，大尾巴轻轻摆动起来。每当这一刻，元宝都觉得整条围墙边的小路都在微曦的晨光中闪闪发亮。

就在这时，元宝突然嗅到一种陌生的气味，带着血腥、铁锈和陈旧机油的异味。他肚子一紧，僵直了身体，竖起了耳朵，刚要吠出声来，就见小球身后的薄雾中飞出一条细黑的、末端环成一圈的绳索，仿佛一条从幽冥中挣出的毒蛇一般扑向小球，一下子套中她的脖子。小球身子往前冲，套绳往后扯，"呼"的一声勒紧了她的脖子，把她整个身体往后拽上半空，再狠狠摔在地上。这时，"轰"的一声油门响，一辆两轮摩托车窜出薄雾，车上跨着两个戴头盔的黑衣人，一人驾驶，另一人在后座挥动双臂，迅速拉扯着套绳。小球喉咙已吠不出声来，鼻孔发出急促惨烈的呜呜，她挺直脖子，四肢疯狂地扑腾着套绳和地面，却无济于事，转眼就像一条被钓上岸的鱼一样，被扯上摩托车。黑衣人抽出一节黝黑的钢管，一下挥击在小球头上，小球一声闷哼，昏死过去，被黑衣人一把抓起小球的脖颈，塞入一个编织袋中。

元宝肝胆俱裂，脖子上的毛都竖了起来，一下子明白了什么，他疯狂地扑上去，龇出牙齿，狂吠起来。摩托车后座的黑衣人见状，又抖出一条套绳，在头顶舞成一圈，甩向元宝。元宝大骇，身子一扭，躲开绳索，惊恐地退进围墙内继续狂吠。这时，围墙内屋子的一扇窗户亮起了灯光，两个黑衣人望了一眼窗户，手忙脚乱一番，骑车扬长而去。

元宝也望了一眼窗户，勇气大增，追出围墙，继续狂吠。

"嘿，阿宝！"小伙子披着睡衣走出房门大喊，"回来，回来，大清早别叫嚷，吵到邻居啦！"

元宝望了望摩托车已经消失的路口，转身跑回主人的脚边，他胸腹剧烈起伏，舌头伸得老长，气喘吁吁，惊恐地在主人脚边绕来绕去，嘴里呜呜哀鸣，全身瑟瑟发抖。

"嘿，阿宝，安静安静，只是过路人，没事没事。"小伙子疑惑地朝四周张望，摸了摸元宝的头就转身回屋了。

天渐渐亮了，远处山头的轮廓隐约浮起红光。元宝惊魂不定，呆呆地望着路面上一簇淡黄色的毛——那是小球

被拖曳在地面时脱落的毛。一阵风吹来，那一小簇毛被吹到围墙根的角落里，小路依旧整洁平坦，仿佛什么都没有发生过。

柿子树摇了摇头，又有几片柿子叶飘落下来。大地无动于衷，和它亘古至今见过所有大大小小的不幸时一样，沉默不语。

2

元宝一整天都趴在围墙边，一动也不动，昏昏沉沉，恍恍惚惚，总觉得拂晓时分经历的是一场噩梦，可围墙根那一簇淡黄的毛还在初秋傍晚的风中微微颤抖。

球球从小路另一侧的墙角跟跟跄跄走过来。这一天，她已经来来回回不知道走了多少遍，四处叫喊着她的狗。她在元宝跟前又停了下来，头发凌乱，满脸泪痕，看了看元宝，小嘴巴扁了扁，眼泪又溢了出来。元宝站起身，伸出舌头舔了舔这个可怜的小女孩的手，他不知道怎么告知她真相，也无法阻止她寻找。球球握着小拳头用手背揉了揉眼睛，默默走回去了，疲倦、悲伤和无助让她再也哭不出声来了。

"阿宝，"瘸腿的老狗老黑背斜着身走了过来，眯眼看了看球球的背影，嗅了嗅元宝的脖子，"你还好吗？"

"黑叔，小球出事了……"元宝又趴在地上。

"我知道，"老黑叹了口气，"清晨我在菜地里也看到了，唉……"

"我不敢追出去……"元宝用爪子刨着地面，"那条黑索会咬脖子……唉，那条黑索。"

元宝又想起那条像黑色眼镜蛇一样的套索，狠辣、准确、恶毒，让人不寒而栗。他又看了一眼那一簇毛，肚子里像扎进了一把烧红的细针，阵阵灼烧和刺痛。元宝站起来焦灼不安地走来走去。

"不要自责，阿宝，"老黑低头舔了舔自己瘸了的左腿，"我也经历过比这更可怕的事，那时我吓得夹紧尾巴尿了一地。害怕不是可耻的事。"

"他们为什么要这样？他们抓小球做什么？"元宝问。

老黑沉默了良久，说："为了吃肉……"

"吃肉！"元宝猛地抬起头，"人也会吃狗吗？"

"人什么都吃……"

"可是，不是说狗是人类最忠实的朋友吗？"

"狗是，但人不是，"老黑又叹了口气，"阿宝，你没出过芭蕉村，不知道外面的事……"

"不能这样！不能这样……我想去找小球，"元宝不禁寒毛直竖，"可我不知道去哪里找，而且，那条黑索，唉，那条黑索……"

"我清晨沿着村口葵花地的水沟悄悄跟了出去，看见那摩托车出了村口后，朝着太阳落山的方向去了，"老黑用鼻子碰了碰元宝的鼻子，"阿宝，失去是可怕的，但还有比失

去更可怕的，那就是不可挽回的悔恨。"老黑浑浊的眼球里突然有了炽热的光，他又说："我在牙齿像你的这么坚固的时候，曾经想去做一些很重要的事，但我像鸭棚里的老鼠一样胆小，像后山的猪一样懒惰，等到牙齿松动，一条腿又瘸了以后，余下的时光就像一根木制的玩具骨头，没有滋味，也不再欢喜。阿宝，你应该去，可惜我的腿，不能远行……"

元宝的眼睛里也闪烁着异样的光芒："能找得到吗？而且……找到后我该怎么做……"

"阿宝，"老黑深深凝视着元宝，"先去做，再想怎么做。"

元宝站直了身体，也用鼻子轻轻碰了碰黑背的脸颊，转身望了望院子里的那幢房子，深灰色的水泥墙面上嵌着

两扇宝蓝色的玻璃窗户，反射着夕阳橙黄的光，玻璃窗内半卷的格子窗帘微微晃动。老实安静的石头围墙经过一天的日晒，干燥又带着暖意。柿子树干上的裂缝和树下菜地里的泥土一样坦荡温和，充满善意。两只花喜鹊掠过围墙，落在墙内元宝的食盆边，啄食着元宝中午没吃的饭。这是元宝的世界，他熟悉和信赖这里的一切，了解这里每一样事物的性情，这里到处都是温暖和抚慰。

"世界这么美，为什么还会有伤害……"元宝心里想，他扭头又看了一眼墙角小球那簇毛，他想着小球微微翘起的嘴角，想着她似笑非笑的眼睛，心口的灼痛感在胸腹间又弥漫开来。

"噢，小球……"元宝猛地伸长脖子汪汪吠了两声，前足在地面上用力踏了几下，沿着小路奔了出去。

老黑一瘸一拐跟着元宝跑了一会儿，在村口停下了脚步。他看到元宝在洒满夕阳的村道上奔跑，毛茸茸的尾巴像一把挥舞着的旗帜，村道两旁的葵花在落日的余晖下仿佛一支支摇晃着的火把。元宝在村道尽头缓一缓，随即拐向日落的方向，转眼不见了身影。

老黑望着空荡荡的村道，舔了舔鼻子，眯起了双眼，目光中闪着葵花的火焰，闪着长者的悲悯，闪着难以名状的激动，那条瘸了的左腿在晚风中微微发抖。

3

天还没全黑，夕阳最后一丝余晖斜斜地搭在一方陈旧的窗台上，仿佛一只临终老人的手，似乎想要指向什么，却又什么也够不着。夜色弥漫开来，消瘦的青树、发呆的灰石头、胆怯的黄丑菊以及其他所有的颜色和形状都收拾着自己，悄悄隐退，因为它们都知道，黑才是夜的主宰。

小球睁开眼睛时，正看到这一束余晖。她还没来得及看清，一阵锥心裂脑的疼痛从耳后传来，疼得她一阵眩晕。她感觉满脸黏糊，紧绷难受，伸长舌头舔了舔嘴角和鼻子，满嘴腥咸，这是自己的血！她渐渐清醒过来，惊恐地睁大了眼睛。

这是个半人高的铁笼子，关着大小四五条狗，都耷拉着脑袋趴着不动，只有一条小小的灰狗，歪着圆圆的小脑袋，啃着笼子的铁栏，发出咯咯的闷响。

铁笼子外，是另一排规格大小相同的铁笼子，搁在一副钢条焊成的铁架上。其他笼子里也关着些动物，天色渐暗，背光的角落更看不真切，只依稀看到那些笼子里或爬或窜或蠕，一团团黑影。屋子里充斥着铁锈、排泄物、血腥以及陈旧机油的味道。小球的肚子一阵抽搐，浑身颤抖起来。

"姐姐你醒啦？"啃铁栏的小狗停下来，趴在小球面前，转着黑亮亮的眼珠，"你睡很久了。"

"这是哪儿？"小球望着眼前毛茸茸的小东西，定了定神。这小狗三个月大小，看起来软乎乎的，身上满是草屑和泥土。

"我也不知道呀。我早上追着一只绿皮大青蛙，追过了一片竹林和红薯地，就到了路边。青蛙没抓到，自己被人拎着脖子抓起来了，嘻嘻……"小狗翻了个身，肚皮向上，四节小短腿向空中扑腾了一会儿，又转身趴着，"这个铁窝子比臭鼬的窝还臭，我不想在这里玩了，我要出去，可门太硬了，我咬不动啦！"

笼子角落里一条老狗呻吟了一声，似乎换了个姿势趴着："牙齿哪能咬得动铁笼子？我活到这个年纪，哪有什么不知道？这是不可能的事！"

小灰狗整团身体都弹了起来，转身嗬嗬大叫："我的牙齿才三个月，等到长到我爸爸那么大，什么都可以咬断！什么都可以咬断！"

那老狗对这个奶凶奶凶的小东西毫不在意："小家伙，你爸爸的牙齿也咬不断铁笼子，我爸爸的牙齿也咬不断铁笼子，谁的爸爸都咬不断铁笼子。我活到这个年纪，哪有什么不知道？"

角落里不知是什么动物也发出怪异的讪笑。

小灰狗更加怒不可遏："我爸爸可是老刀，没有什么是老刀咬不开的。老刀的牙齿比刀更锋利，他一定会来找我的，等他一来，就会把这笼子一口撕碎，就像撕碎一张蜘蛛网一样容易！"

"老刀……你爸爸是草帽山的老刀？"那老狗突然不说话了，黑暗中窸窸窣窣的声音也顿时安静了下来。

在草帽山，没有哪一只动物没有听过野狗王老刀的名字。

那是一只四肢异常修长，身形健硕、通体乌黑的野狗。他奔跑起来像一阵黑色的旋风，带领几十只野狗在草帽山纵横穿梭，没有哪一种动物敢轻易招惹他。

草帽山是一座在南方随处可见、平凡无奇的山，因形状像一顶草帽得名，一些同样平凡无奇的小镇村庄围绕着它。自从老刀和他的野狗群把最后一只野猪赶到大山深处后，他已经是草帽山的野狗王了。

"老刀的牙齿……那的确比刀更锋利……"老狗嗫嚅道，"我活到这个年纪，什么都知道的。他曾经一口咬下野猪王的半边脸，野猪王的脸皮可要比铁梨木更硬几分呀！野猪王的惨叫声响彻了整座草帽山。我是山外的游荡狗，轻易不敢进山的，那天我在山脚下闲逛时，听到了那一声惨叫，之后至今不敢靠近草帽山。唉，我一生谨小慎微讨生活，这次为了一根鸡骨落到人的手里……这位……小兄弟，你叫什么名字呀？你爸爸真会来找我们吗？"

小灰狗不理他，转身靠近了小球："我叫小刀，姐姐你叫什么？你也被人拎起脖子抓到这里吗？"

"我叫小球，我是芭蕉村的，"小球虚弱地小声说，她的眼睛渐渐适应了屋内的光线，眼前这毛茸茸的小家伙，让她渐渐镇定下来，"我不知道这是哪里。我清晨刚出门就被两个黑黑的人用绳子套住脖子抓起来了，之后我就不知道了，我的头好痛……"

角落里一阵躁动，大家都有同样的经历，那老狗也悲叹了一口气，刚刚燃起的一丝希望又被恐惧压住了。

小刀把头挨近小球的脖子，打了个哈欠："小球姐姐你身上的味道真奇怪，我从来没闻过，不过味道很好，是什么好吃的吗？"

小球不好意思地微笑道："应该是彩色笔的味道。我的小主人像你一样，是个好玩的孩子，正在芭蕉幼儿园上中班，喜欢用彩色笔在我身上乱画。"说着，她又难过起来，"阿宝也常说我身上的味道好像很好吃的样子……也不知道他怎样了，希望他在家没事才好……"

"阿宝是你爸爸吗？"小刀依偎着小球，"那他一定会来找你，就像我爸爸一定会来找我，小球姐姐你别怕。"

"阿宝是我最好的朋友……"小球想起元宝眉毛上的小黑点和他温暖的眼睛，喃喃地说，"他会来找我吗……那太危险了，他在家没事才好……你爸爸是不是很厉害？那他肯定会来找我们吧！"

"唉……"那老狗深深叹了口气，"老刀虽然厉害，可他在草帽山，你们有没闻到空气中草木烧焦的味道？这里可是芙蓉岭！没有动物愿意找来这里，也没有动物来到这里后能活着出去……"

4

草帽山向南十里，过一条溪流和一个小镇，有一片丘陵。芙蓉岭就在这片丘陵上。

许多年前，一位孤独的老人失去了他温柔的妻子，他把妻子葬在这片山岭。老人日夜思念他的妻子。有一天，他看到相册照片中的妻子，立在一棵木芙蓉树下，碎花素裙，拈花浅笑，略带拘谨，却无限欢喜。老人握着照片站在后窗，看着照片中这一棵就栽在自家后院的木芙蓉树。此刻，树下只有一只空荡荡的石凳子。

"她多喜欢芙蓉花啊！"老人含着泪想。

于是，老人把自家后院的这棵木芙蓉，移植到妻子的坟前，并用扦插的方式反复栽培种植。几年后，老人妻子坟墓四周栽满了木芙蓉。老人去世后，这片芙蓉林无人打理，却在四季风雨中用自己的方式继续蔓延繁殖。再过了许多年，整片山岭都长满了芙蓉树。每到花期，这片平凡的山岭就成了一片花海。从此，人们就把这里叫作芙蓉岭。

岁月变迁，几经辗转，许多年后，这片山岭落入一个养猪人的手里。

养猪人年近五十，皮肤暗黑，乡里人都称他作"黑鬼"。他身形矮瘦，头发稀疏，高得出奇的颧骨让他深凹的眼眶显得更深，浅褐色的眼珠子总是转个不停，仿佛时刻都在思考什么。

黑鬼在乡下养猪，他的儿子在铁石镇经营一家饭馆，名为"十全大饭店"，其实是一家狭窄陈旧的小店，生意却十分兴旺，秘诀在于店里头偷偷宰杀、烹饪各种野味，吸引着一些稀奇古怪的熟客。

"这片芙蓉树林真不错，很适合用来养猪！"看着眼前这一片山岭，黑鬼拍了拍他儿子的肩膀兴奋地说，"我们的猪需要换个地方养了，还有那些偷偷养着的宝贝也需要挪个窝了。邻居们天天投诉，那些人真是讨厌。猪哪里会臭？我们的猪在这芙蓉树下，一定会玩得很开心！"

黑鬼的儿子鬼仔天生左脚残疾，走路一脚高一脚低。他不喜欢说话，对任何人说的任何话，他的反应都是从鼻孔里"哼"地发出一声冷笑。

"你觉得怎么样？儿子。"

"哼……"鬼仔用鼻孔回答。

于是他们动手在芙蓉岭上修建简易的房舍，养殖黑猪，再把那些野味关在一间铁皮房里。这些野味有时是从贩子手里收购的山獐、野兔，有时是他们自己在山上设陷阱抓到的蛇或鸟雀，更多的时候，是他们父子俩从外乡偷来的猫或狗。他们在这间屋里宰杀黑猪，由鬼仔运到山下"十全大饭店"门口的摊板上贩卖；他们也在这间屋里剁獐、溺兔、剥蛇、勒猫、砍狗，肉由黑鬼拎到饭馆里烹制成特色野味，兜售给那些稀奇古怪的客人。芙蓉岭上常年弥漫着风吹不散的血腥味。

有一年秋天，一场猪流感席卷了南方。芙蓉岭上的黑猪大面积感染，在政府的强制令下，黑鬼不得不忍痛把所有半死不活的黑猪驱赶到山岭边的山坳里，用挖掘机挖坑活埋。血本无归的黑鬼坐在一棵芙蓉树下一根又一根地抽着烟，从清晨一直坐到黄昏。

那时，正值木芙蓉的花期。三色木芙蓉的花瓣清晨时分是纯白色的，中午时逐渐转粉，到了黄昏彻底变成红色。呆坐一天的黑鬼留意到了这一变化。他站到了高处，望着落日下大片大片红艳艳的芙蓉花，那一双常年浸泡在猪粪与血污里的眼睛突然发现了无与伦比的美。他深凹的眼珠又一次精光四射，大声叫道："我又想到一个好主意啦！这片芙蓉林最适合用来发财啦！"他拉来儿子，兴奋地拍着鬼仔的肩膀说："你有个更好的项目可以做啦！最近流行田园经济，人们吃饱了肚子就喜欢往乡村田园跑。我们要把这片山岭装饰一下，变成纯天然的田园山庄，吸引游客，人们在这芙蓉树下一定会玩得很开心。你不用再养猪了，你要成为芙蓉山庄的庄主了！"

"哼……"鬼仔用鼻孔回答道。

于是他们修整了山路，推平了猪舍，清理了树底，围上了栅栏，铺上了水泥，搭起了遮阳棚，购置了冰柜和烧烤器具，芙蓉岭易冠改服，焕然一新。关押野味的铁皮房和紧挨着的作为简易厨房的遮阳棚，掩映在几株木芙蓉和大杉树中间，房门口一片宽阔的水泥地四周，环绕着大大小小上百株芙蓉树，树与树之间用防腐木和竹子搭建了几个小包间，树底下摆放着大大小小的桌椅。岭上山风轻抚，花影憧憧，暗香浮动，俨然一个好去处！

黑鬼父子踌躇满志地在山路口挂上了大招牌，再印制传单，雇佣一批中年妇女四处发放，广泛宣传。邻近乡镇的人们看到传单上三色芙蓉花的精美图片，感觉苦闷的生活有了新的去处，口口相传，纷纷前去。一时间寂静偏僻的芙蓉岭车水马龙，宾客云集。

"这一片芙蓉树，有一个动人的传说呢！是一位长者为他的亡妻栽种的……"每次招待新来的顾客，黑鬼都会乐呵呵地重复着同一个故事，他了解人们的心思，知道人们喜欢什么，就像了解那些喜欢野味的人们的口味一样。

"真感人呀！"青年男女都抚着胸口感动地说。

人们开始在这一片不久前黑猪们每天排泄粪便的芙蓉树下，听着故事，吃着烧烤，喝着啤酒，唱歌拍照，尽情享受生活。他们不知道，不远处的山坳的泥土下，有上百只黑猪的尸体正在腐烂，也不知道这片芙蓉林深处那间褐色的铁皮房里有血腥的杀戮。

人们在树下散步走到那间铁皮房前时，会看到门前立着一张牌子——"欢迎品尝芙蓉山庄特色野味"。

"呀，这里还有野味呀？"人们惊奇地问。

"那当然啦！"黑鬼总是挤眉弄眼神秘兮兮地说，"要不然怎么叫特色山庄呢？怎么样？兴趣哪一种？尝尝？"

于是体面的男人和优雅的女士站在铁皮房的窗前伸长了脖子往里瞧，他们在昏暗的光线下，会看到不同的笼子里狂躁的狸猫、绝望的兔子以及奄奄一息的野狗。

"快看！真的有呀，哎呀，还会动呢！"优雅的女士们总是这样发出愉快的尖叫。

清爽的秋风，带着芙蓉花香，伴着欢声笑语，让屋里的动物们瑟瑟发抖。

第二年夏末的一个傍晚，一条从小在芙蓉岭长大的护门大狼狗突然狂性大发，挣开了铁链，疯狂地冲向正在烧烤的游客，客人们惊慌逃散。烤炉烤架被撞翻倒地，跌落地面的烧炭的火星像从铁罐中逃逸的萤火虫一样纷纷窜入栅栏边的草丛。天干草燥，山坳里吹来的山风唤醒了火星，火苗迅速蔓延。人们被癫狂的狼狗吓得慌不择路，谁也顾

不上越来越大的火势，手忙脚乱地逃下山岭。等黑鬼闻讯赶来，控制住狼狗后，火势已经形成。山风愈吹愈猛，火圈越烧越大，黑鬼疯了似的操起大扫把拼命扑打，然而无济于事。片刻之后，他们苦心经营的山庄陷入了火海，一棵棵芙蓉树都烧成了火树，仿佛一朵朵巨大的芙蓉花。

入夜后，山上突然下起了大雨。烈火在到达铁皮房前被匆匆赶来的雨水阻止安抚了下来。这是夏末的最后一场雷雨，闪电不断地撕裂夜幕，时而映亮了一大片焦黑的树干，时而映亮了退到路口站在雨中发呆的黑鬼父子二人阴沉的脸，时而映亮了失去植被裸露在山岭上的铁皮房，以及房前唯一幸存的那棵最初的芙蓉树。

5

屋里死一般寂静。

"你是说……我们现在正在芙蓉岭？正在芙蓉岭！"隔壁笼子里的一只野兔努力坐直了身体，一条前足攀着铁栏，另一条前足耷拉在胸前晃荡——这条腿被捕兽器夹断了，他不停地动着三瓣嘴唇，带着哭腔问。

那老狗又叹了口气。

"嘎？那我们正在那间铁皮房里吗？嘎？嘎？"一只水

兔张开翅膀扑腾起来。

小球巴着眼望着那老狗，老狗一声不吭。沉默比确认更让人窒息。

天完全暗下来了，窗外的树枝晃动着阴森的影子，空气中焦木的气味越来越清晰。恐惧就像雾霾一样在屋里弥漫。小球的心一直往下沉，胸口仿佛吞了一块火炭，灼烧得难以呼吸。

"汪……汪汪汪！"老狗身边的一条土狗终于忍不住大叫起来，"汪，我要出去！我要出去！"

"嘎，嘎……妈妈……"水兔大哭起来，翅膀拍打着铁笼子，哗啦作响。

小刀又扑向栅栏格格地啃咬起来，所有的狗都狂吠起来，所有的动物都啃咬撞击着铁笼子。屋里噪声大作。

"砰！"一声巨响，屋门突然打开，紧接着"啪"的一声，灯光亮起。一条瘦长的人影闯了进来。那人手里提着一根带尖钩的铁棍，一脚高一脚低地走到铁笼子前，抡起铁棍对着铁笼一阵敲打。动物们都安静下来，只有那条土狗依然失控地继续狂吠，他龇着牙，淌着口水，对着那人嗬嗬怒吼。那人猛地向前迈一步，手里的铁棍穿过铁笼的栅栏间隙，直直朝土狗的脸上戳去，一下刺中土狗的眼睛。那土狗发出一声凄厉的惨叫，夹起尾巴退到笼子角落里，嗷嗷地呻吟着，再也不敢抬头。

"哼……"那人从鼻孔里发出一声闷响。

顿了顿，那人又径直走到水凫的笼子前，打开笼门，带尖钩的铁棍伸进笼子，一下勾住水凫的脖子，拖了出来。那水凫疯狂地挥着翅膀，扭着脖子使劲回头望着其他动物。"嘎……"他刚要说什么，脖子就被一只铁箍一样的手死死掐住。

那人一只手提着双脚双翅拼命扑腾的水凫，走到屋子角落的一个水泥砌成的水池旁，把水凫踩在水池边缘宰杀，接着转身到门口提了一桶滚水进来，把水凫浸在滚水中烫了烫，又捞起来放回水池，开始拔起毛来。

放血、拔毛、去脏、冲洗，几分钟时间，刚才还在大哭大闹的水凫就变成一大片白晃晃的鸭肉。

小球突然感觉脚下一阵湿热，她知道，缩在她身边的小刀尿出来了。这条不知天高地厚的小东西缩成一团，吓出尿来。尿骚味与血腥味充斥了整间屋子。小球悄悄低头用嘴拱了拱小刀，把他往自己身后挪了挪，用一条腿掩住了小刀的头。没有哪只动物对失禁的小狗有丝毫鄙视，因为大家都只是强忍着不尿，大家都努力屏住呼吸，浑身颤抖。他们从来没有见过这样的杀戮，如此行云流水、轻松自如，如此居高临下、理所当然，还带着一种说不出的不屑与嘲讽。

那人简单收拾了一下，取出一个塑料袋，把水兔肉

装进袋子，提在手里，一脚高，一脚低地走出屋门，"啪"地关上了灯，"砰"地拉上了门。

屋里陷入了更深的漆黑，更深的死寂。

小球和小刀用力紧挨对方的身体，在这充满恶意的夜晚，善意的体温多么珍贵呀！

6

天完全暗了。地面上已经看不见任何踪迹。

元宝不停地舔湿鼻尖，努力地抬高头，使劲嗅着，在空气中捕捉小球的气味。空气中的气味也越来越稀、越来越淡，渐渐开始难以辨认了。

入夜前的追踪也一度中断过，在好几个分岔路口，元宝都失去了方向。所幸的是在反复查找后，他又在蛛丝马迹中重新确认了路径，有时是一滴留在泥块上的血，有时是一丝挂在草尖上的小球尾巴上独一无二的彩色绒毛。

虽说狗的嗅觉天生灵敏，但元宝从未有过这样远距离的追踪。空气中那游丝一般若有若无的气味，让他开始怀疑自己的判断。这样细微的信息，太需要精力充沛的状态和全神贯注的心神，可元宝此时已精疲力竭，气喘吁吁，缎子一样的顺滑的皮毛已变得结团凌乱，沾满了泥垢和草屑。傍晚开始，他一刻不停地追着落日，追着潮水一般不断退去的天光，赶了将近两个小时的路了。他伸长的舌头淌着口水，剧烈地大喘，胸口像挂着一副哑铃一样又重又堵，难以呼吸，感觉肺叶时刻都要崩裂开来。可他不敢休息，他害怕稍一停留，就再也嗅不到方向了。

又是一条分岔路。一阵夜风吹来，挟带着一股野外农夫烧土积肥后飘在风中的烟雾，迎面扑在元宝伸舌咧嘴一直急喘的脸上，这呛喉的烟雾让他忍不住咳嗽起来。等他抬起头，就再也嗅不到小球沿途留在空气中的味道了。

元宝形神俱疲、心慌意乱，他努力抬头使劲嗅着空气，试图找回气味，可是越嗅感觉越空荡。他朝左边的小路跑出几步，不敢确定；退回来又朝右边的小路跑出几步，又退了回来。这样反复几次，他始终做不出选择。

"哦……小球……"元宝无助地趴下身体，"嘤嘤"地呻吟着。想着晨曦中小球柔软的身体在黑索下挣扎的画面，他的五脏六腑像被搁在烙铁上一样煎熬。

黑暗完全吞没了元宝。四周黑洞洞的，没有一丝光线。远山、田野、树丛都连成黑乎乎的一团，看不见去路，也找不到归途。元宝感觉自己仿佛被整个世界遗弃，流落在一片虚无暗黑的混沌中。他想叫，却不敢叫出声；想哭，又不知道对谁哭。孤单、饥渴和疲惫，一起吞噬着他。

这时，前方灌木丛中亮起两点针眼大小的幽绿的光，一闪，又倏忽不见了。元宝一个激灵坐了起来。那是什

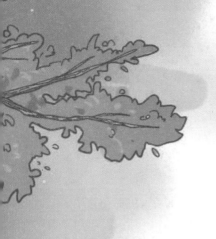

么？他屏气凝神望去，那两点光又亮了起来。这回他依稀看到，这两点光长在一个扁平楔形的小脑袋上，那是一双眼睛！元宝从未见过这样危险的眼睛，阴冷、恶毒，仿佛对一切都充满了刻骨的仇怨。元宝慢慢站了起来，却不敢挪动脚步，呼吸又慢慢急促起来。

"咔嗒"。身后传来一声细微的动静，是谁踩裂了一片枯叶？谁在身后靠近？元宝死死盯着前方那两点绿光，不敢回头张望，竖起耳朵听着身后的声响，窸窸窣窣，断断续续。元宝感觉身后此时有千万双同样阴冷恶毒的眼睛盯着自己，他脖子上的毛全部竖了起来。

"嚓嚓嚓"，一小团啮齿动物的身影从身后蹿出，左试右探，鬼鬼祟祟，朝那片灌木丛跑去。那两点绿光突然消失了，等那只啮齿动物靠近时，那两点绿光又突然亮起，似乎比刚才更绿更亮了。元宝看到是一只小动物，刚要松口气，又突然想到什么，正要叫出声来，灌木丛中忽地飞出一条细长的影子，扑向这只啮齿动物，一下卷住了这只倒霉的小动物。草丛中一阵躁动，随即响起啮齿动物"吱吱吱"的惨叫声。这绝望恐惧的惨叫声像满是倒刺的鞭子一样抽在元宝身上，他再也顾不上什么方向和路况，朝前疯逃。他看到远处有一棵高大的树影，本能地跑到树底下，找到一个凹处趴了下来，缩成了一团。

黑暗中，一片枯叶轻轻落在元宝头上。他想到芭蕉村自家院子里的那棵柿子树，想到这个时候，主人卧室窗户上一定和往常一样亮着橙色的灯光，邻居小孩看着动画片愉快地大呼小叫，小球总是突然出现在院子外，双眼含笑等着他……家里的夜晚多么美呀，异乡的夜晚为什么这样让人胆寒？

"天这么黑，也不知道小球怎样了……"元宝的喉咙一阵堵塞。

这是一棵巨大的樟树，树头盘虬，枝壮叶繁，树冠仿佛一个圆顶的屋盖，罩护着脚下的一方土地。见过无数风雨的老树，都是慈悲温和的，这样充满恶意的夜晚，一个善意干燥的依靠多么珍贵呀！

7

老刀沉着脸，一言不发，血红的眼珠死死盯着山路的尽头，全身浓密漆黑的体毛在山风的吹拂下微微起伏着，他像一面迎风猎猎的铁黑色的军旗，立在半山腰的一块岩石上。

两天了，小刀失踪两天了，老刀也两天没有合眼了，褐色的眼珠已经通红。

草帽山上的动物们都敬畏他是王，只有他自己知道，世道艰难，带着大小几十条野狗在这片贫瘠的山林里求生，能勉强饱腹已属不易。最近两年食物越来越紧缺，生计越来越艰难了。

生活虽难，但自从老刀把野猪坦克的半边脸咬下后，草帽山上的动物们没有一个敢仰视他了，他从未想过会有谁敢伤害他的儿子。

是坦克回来了吗？应该不会。那些野猪都逃到草帽山北面的山涧里去了，山南有一年多没有出现野猪的脚印了，况且那些脏猪的气味，隔着十里地老刀也能闻到。

是其他野兽吗？不会。草帽山上的动物没有这样的胆子。是失足掉在哪里了吗？要真这样，这么多久历风雨的野狗，没有理由嗅不到任何踪迹。

会不会是人……老刀不敢朝这方面去想，一想胃就一阵抽搐，因为他太清楚，人比整个草帽山的动物加起来都可怕！

半山腰上散落着大大小小几十条野狗，有的趴着喘气，有的坐着仰着头看着他们的头领。他们各自散开找遍了整座山，都陆陆续续空着手回来了。看着老刀越来越沉的脸色，谁也不敢出声。

就在这时，山脚下小路上跑来一个灰褐色的身影，一条没有耳朵的斗牛犬闷着头一路狂奔而来。这狗身形健硕，肌肉线条分明，动作迅捷，转眼就奔到队伍跟前。

看到这条斗牛犬，老刀紧绷的脸顿时展开。这是老刀最信任的手下，也是最亲密的战友，他一定是有什么发现，脚步才会这样的急促。

　　这条斗牛犬名叫铁头，他曾生活在山下的一个小镇上，是一条家养的狗。女主人是个悲苦的女人，丈夫是个烂赌鬼，每回输钱都会喝闷酒，一喝醉酒就打她，用拖鞋抽她的脸，用脚踹她的肚子，还把烟头扔到她的头发上。一个春天的午后，这个饱受摧残的女人突然想通了，趁丈夫出去赌钱未归，带上孩子离家出走，从此杳无音信。

　　之后的厄运就转移到铁头的身上。那烂赌鬼赌得更凶了，每回输钱酒也喝得更多，一喝醉就拿铁头撒气。拳打脚踢、棍子抽、开水烫都是家常便饭，拴在门口一两天不给饭吃，也是常有的事。

　　有一天深夜，电闪雷鸣，暴雨如注，烂赌鬼醉醺醺回到家，突然嫌铁头那一对机灵转动的耳朵十分碍眼，"都是这个丧气的衰狗头害老子输钱！"烂赌鬼嘴里不停吼着，抓住铁头的头皮，操起剪刀一下剪掉了他的一只耳朵。铁头剧痛之下，奋力拉扯链子，失去一边耳朵使他的脑袋得以挣脱项圈。他冒着雨逃到街上。那醉鬼狂性大发，紧追其后，把铁头逼到街头墙角，要剪掉他的另一只耳朵。铁头面对着主人，不敢反击，只有不住地痛苦惨叫。

　　那天夜晚，老刀饥饿难耐，趁着雨夜潜到镇上觅食，被大雨困在墙角，恰好目睹了这惨烈的一幕。老刀原本不愿露面，他全身漆黑的皮毛，在夜色下行动自如，加上机警迅猛，除了夜行的动物，没有人看见过他在村落小镇上进出。可是看到一条满头鲜血的狗被人踩在雨水中哀号，他想起自己饱受欺辱的童年，一时悲愤难耐，忍不住从黑暗里窜出，一口咬在那醉鬼的脚后跟，利刃般的犬齿"咔嗒"一声切断了那人的脚筋。那醉鬼瘫倒在地，看到一条全身漆黑的大狗瞪着血红的眼珠子，冲着自己龇出带血的尖牙，吓得魂不附体，拖着伤脚连滚带爬逃回家去。

那一个雨夜，铁头跟着老刀来到了草帽山，从此成了老刀最亲密的兄弟。在与野猪群的决斗中，铁头失去了另一只耳朵。

这会儿，铁头一口气冲到大岩石旁，"哇"的一声，从嘴里吐出一团绿色的东西。野狗们围上前一看，原来是一只绿皮牛蛙。

老刀转身看着铁头，还是一言不发。铁头喘着气，对那只绿皮牛蛙道："把你在葫芦溪边唱的故事，再唱一遍。快唱！"

那绿皮牛蛙刚从狗嘴里被喷出来，惊魂未定，听铁头要他唱歌，定了定神，伸出一条腿不停地拨弄着自己的头，清理狗的口水，以及滚落地上沾上的尘土，努力让自己看上去整洁优雅一点。

"别磨蹭！快唱！"铁头又吼道。

绿皮牛蛙整理好仪表，清了清嗓子开始唱起来：

啊！我是草帽山最英俊的王子，
绿青蛙乐队的主唱。

我歌唱春天的流水，夏夜的梦。

歌唱草尖的露水，风中的叶。

多子的母亲多伟大！

嗡嗡的蚊虫们啊，可爱的精灵，多鲜美！

啊！我……

老刀低头斜斜瞥了青蛙一眼，绿青蛙吓得闭上了嘴。

铁头龇了龇牙，闷声喝道："说小刀！"

绿皮青蛙翻了翻眼皮，凸出的眼球紧张地转了转，看着环伺的大狗，吞了吞口水，又颤巍巍唱起来：

啊，我是草帽山最耀眼的明星，全民的偶像。

我也歌唱沉重的故事，悲伤的诗。

可爱的小奶狗呀，多么崇拜我！

追随着我穿过小竹林，来到番薯地。

啊，落单的孩子啊，千万要小心
没有脚的蛇和两条腿的人。
两个黑色的人仿佛死神，
漆黑的头颅没有脸孔，
抓起小奶狗，像青蛙卷起小青虫，

他们骑着铁马追着落日，
就像赶赴黑暗的幽灵。
啊，落单的孩子呀，千万要提防
没有脚的蛇和两条腿的人……

"好了好了！"铁头前脚急躁地扑到岩石上，不停地扒拉着，"头，这样看来，小刀应该是一路追着青蛙，跑到这山脚下，被两个戴黑色头盔的人抓走了！他们向西去了，会不会……"

老刀的心直往下沉，脸色更加凝重，眼睛盯着山脚下那条小路的尽头，缓缓点了点头："芙蓉岭……"

8

一缕晨曦顺着大樟树树冠边沿的叶片斜斜滑入树底的凹坑，轻触着元宝的鼻尖，刚想抚慰这条惊恐了一夜、凌晨时分才蜷成一团疲倦入睡的生灵，却突然把他惊醒。

太阳，这万物的造化，把光和暖还给人间，魑魅魍魉早已遁去，四下里只有朴实干爽的田野和小路。草尖残留的露珠和树叶边沿的光，闪着初秋清晨的清亮和悠扬，一株三角梅依恋地缠绕在路边的一根电线杆脚下，浓密的绿叶间绽放着紫色和红色的小花，仿佛一个身穿花裙子的小女孩正在抱着爸爸的腿撒娇。

元宝呆呆瞅着这株三角梅，想着芭蕉村的小胖妹球球，想着下落不明的小球，想着浑身酸痛、又饥又渴的自己，他真想再躺一会儿，可是他心里知道不能，他也真想回到芭蕉村，可是心里知道这更不能。

"世界这么美，为什么还会有伤害……"元宝嘤嘤地想着，挣扎着站起来，茫然地四处张望，不知所措。

就在这时，田野边的小路尽头传来一阵若有若无的奇怪的歌声，刚想听清，声音却一下子消失了，以为自己听错时，歌声又悠悠响起。元宝迟疑了一会儿，低着头朝歌声的方向小跑过去。

小路到了尽头，向左有个大拐弯，拐过弯绕过一大片甘蔗林，眼前豁然有一座村庄。水泥砖楼和土木瓦房零散交错，一条狭窄的水泥路蜿蜒穿梭其间。一个早起的老人站在村落边的田间地头抽着烟，眯眼锁眉，若有所思。

哇汪……呜呜……
芙蓉岭上有芙蓉，
芙蓉树下日匆匆……

这回元宝完全听清了歌声。

村口并排着数十座用竹竿、麻秆、稻草以及牛粪搭成的蘑菇种植棚，人字形的棚顶披着绿色的绳网，远远望去，像几排行军的帐篷。蘑菇棚的入口处，拴着一条孤独的狼狗。这狼狗全身皮毛都是深棕色的，唯独胸背一周颜色深黑，像穿着一件黑马甲。他双耳尖立，长尾低垂，身形消瘦，但宽大的脚掌和修长的四肢，使他看上去有种说不出的威武和健朗。他身旁的一个食盆正冒着热气，应该是主人刚给他倒的早饭。可是他看起来无心进食，只是默默地呜呜歌唱着。他时而向左迈出几步，脖子上的链子勒住了他的脚步；时而向右迈出几步，脖子上的链子又勒住了他的脚步，铁链哗啦作响。

元宝从未听过这样的歌声，高亢处仿佛面对着千万人呼喊，低吟时又似乎只依偎着一个人耳语，诉说着深深的思念与哀伤。这歌声里像是有一条无形的丝线拉扯着元宝的心神魂魄，让他不由自主地慢慢走上前去。元宝忘记了身在异乡，忘记了饥渴与危险，他张合着嘴，发出无声的应和，他在倾听里被理解，在倾听里被抚慰。啊！倾听是一种更深的诉说。

还没等元宝靠近，从临近一户房子的拐角处，跑出来两条土狗，一胖一瘦，一灰一黄。两条狗挤眉弄眼地一路小跑过来，在狼狗跟前三五步的距离停下脚步。狼狗停止了歌唱。

"哟，哟，这疯狗又在疯叫了！"胖狗扯着脖子学着狼狗的样子揶揄着。

"呸！听说人家这是在唱诗呀……"瘦狗阴阳怪调冷笑着说。

"哈哈哈，笑死我了！狗也会唱诗吗？"胖狗咧着嘴，伸长舌头，笑得口水四溅，肚子上的肉抖动着。

"我们正常的狗当然不会了，"瘦狗一边说一边斜着眼警惕地盯着狼狗，"可是那种见谁咬谁、整天鬼叫的疯狗就说不定了。"

那狼狗停止了歌唱，沉默了片刻，缓缓转身正向那两条狗，弓着前腿冷冷地说："哼哼！像你们这样卑贱的狗，从来只知道地上有屎，怎么会知道世上有诗？"

那胖瘦二狗对望了一眼，向狼狗左右两侧散开。胖狗依然咧着嘴嬉皮笑脸，眼里却渐渐没有了笑意，他一边谨慎地迈着步，一边说："哈，诗有个屁用，屎多香呀！我们想吃就吃，想睡就睡，能捡就捡，能偷就偷，多自由呀！多高贵呀！被拴住的可怜虫才是最卑贱的呢！"

狼狗正要转向胖狗反唇相讥，已绕到左侧的瘦狗突然闷声向他猛地窜出一步。狼狗早有防备，腰背像弹簧一样扭身迅速扑向瘦狗，那瘦狗却在向前一步后立即向后撤退。狼狗堪堪扑到瘦狗面前时，被铁链勒住了脖子，他龇着牙，使劲挥着前爪，却怎么也无法再向前半步。铁链被绷得笔直，啦啦作响。

就在狼狗扑向瘦狗的同时，胖狗也立即向前扑去，一口咬住狼狗身旁的食盆边缘，向后拖开。等狼狗反应过来，

又转身扑向胖狗时，胖狗和食盆已经在铁链长度以外了。

这一击得手，胖狗脸上顿时乐开了花，努力睁大放光的眼珠子，瞪着食盆，激动得语无伦次："快看哪！这一大盆剩饭，哇，还有半块油豆腐……天哪，还有一根带肉丝的鸡腿骨！"

一直阴沉着脸的瘦狗，这下也喜笑颜开，连忙绕过去，二狗低下头，吧嗒呱唧大吃起来。

那狼狗怔了一下，又缓缓坐下来，冷眼看着两条狼吞虎咽的狗说："你们这两个吃垃圾的狗东西，忙了半天，原来是为了口吃的。我正纳闷呢，今天是怎么了，你们这样的跳梁小丑也敢来寻我的晦气，为了口剩饭，真是连命都不要了，哼哼！"

二狗充耳不闻，继续低头忙碌。

"嘿，你们不能这样！"元宝靠近时，这一幕都看在眼

里，忍不住走上前去，"你们赶紧把饭还给人家。"

"你是谁？"胖狗突然抬起头，不停地舔着下巴，他吃得满脸都是，连眼皮上都沾着饭粒。

瘦狗也抬起头，龇着牙，阴恻恻地说："我们靠勇气和智慧抢来的饭，凭什么还回去？"

元宝被他们唬得有点怯，想了想又走上前小声说："他被拴住了，你们吃了他的饭，他就要挨饿了。你们是自由的，还可以四处找找吃的，大家都是同类，你们这样很不好……"

"闭上你的臭嘴！"胖狗怒吼起来，"不想挨揍就赶紧滚蛋……我之前怎么没见过你，你是哪里冒出来的蠢货？"

元宝说："我是芭蕉村的元宝，我来找我的朋友。"

"原来是外乡狗呀！"胖狗撇了撇嘴轻蔑地说，又拿嘴一努大狼狗，"这疯子是你朋友？"

"哦，不是，不是。我的朋友叫小球，是一条柴犬。她被捕狗人抓走了，我一路追过来，追丢了。请问你们见过小球吗？哦，她的尾巴是彩色的……"

那二狗又对望了一眼，仿佛听到世上最不可思议的事，那瘦狗上下打量着元宝，喃喃说道："疯狗，又一个疯狗！从来只有捕狗人追狗，哪有狗追捕狗人的，这不是把自己的肉送上门去嘛！"

那狼狗也扭头盯着元宝，脸上露出一种奇怪的眼神。

元宝摇了摇头说："无论如何，我都要找到小球才好……请问你们有没见过？"

"有呀！有呀！"胖狗朝瘦狗挤了挤眼睛，"我们哥俩掌管着这附近几个村庄的重要信息，谁家又生了女娃，谁家夫妻半夜吵架，谁家发了财剩饭里肉骨头多，谁家母鸭半年没生蛋了，谁家垃圾袋里藏着什么隐私，我们无所不知、无所不通。"

瘦狗嗤嗤地笑起来。

元宝急切地问："那我的朋友现在在哪里？"

"唉，真可怜呀！"胖狗满脸惋惜，"呃……你说你的朋友尾巴是彩色的对吗？那真是一条可爱的柴犬。昨晚就在村那头被人宰了啦！开膛剖腹，大卸八块，毛皮和尾巴扔在龙眼树下，肉都卤成下酒菜了，我们哥俩在一旁等着，还抢了根剩骨头呢……"

元宝又惊又怒，胸口像被铁门夹住了一般，再也忍不住了，龇牙瞪目，突然张嘴"吼"地大叫一声，向胖狗猛扑一步。

那胖狗冷不丁吓了一大跳，脚下一个踉跄，把食盆一脚绊开，食盆"砰"地向狼狗跟前滑去。

瘦狗大叫一声："糟糕！"慌忙一个箭步冲上去咬住了食盆边沿，想要拖回去。可这一滑，食盆已在狼狗铁链长度之内了。那狼狗早就等着这一刻，闪电般扑过去，一口咬住瘦狗的头皮。

"救命呀！救命呀！疯狗咬狗啦！"瘦狗嘶声惨叫，连连挣脱不开。

那胖狗一时没反应过来，吓傻了眼，连忙拔腿就跑，边跑边叫："汪汪……疯狗又咬狗啦！疯狗又咬狗啦……"

狼狗一脚踩在瘦狗肚子上，头向上一扬，"咯"的一声扯下瘦狗的半边耳朵。

瘦狗发出更凄厉的惨叫，他丢了半只耳朵，身体却挣脱开来，连滚带爬，逃之夭夭，惨叫声一路传到远处。

这几下变化太快，元宝一时怔住了，不知所措地望着狼狗溢出鲜血的嘴角，小心翼翼地问道："你……你真的是疯的吗？"

狼狗"噗"的一声把嘴里的半片耳朵吐在地上，又低头嗅了嗅，抬起头来舔了舔舌头，淡淡地笑了："他们说是就是，有什么关系。他们贬我，辱我，我从不放在心上。这样的狗，要是褒赞我，那才是我的耻辱呢！小兄弟，你觉得我疯吗？"

元宝张了张嘴，不知道该说什么，愣了愣，转身想要离开。

"嘿，小兄弟，"狼狗叫住了他，"他们在撒谎，我不敢确定你的朋友现在怎样了，但我能确定他们刚才说的全是胡扯。"

元宝转过身来，瞪大眼睛："真的吗？那……他们为什么要这样说？"

狼狗微笑着看着元宝，眼神突然变得澄澈而温暖，他朝元宝嗅了嗅："因为你阻止了他们，他们就想让你难过。

他们喜欢看别人难过……小兄弟，你很了不起，要不是这条铁链……"狼狗恨恨地挣了挣铁链，"要不是这条铁链，我也早就去寻找我的家人了……你不要轻易放弃，如果有人想让你难过，你不要让人看出你难过。如果有人想让你害怕，你也不要让人看出你害怕。前面的路更难，你要小心……"

元宝迎着狼狗温暖的目光，心里仿佛喝了一大盆热汤："谢谢你，谢谢你说的话。你不是疯的，你和我们芭蕉村的老黑一样好。"

狼狗却仿佛没有听见，沉吟道："你的朋友什么时候出的事？"

"昨天清晨，天刚要亮。"

"嗯……那两个捕狗人是不是骑黑摩托，戴着黑头盔？"

"对，对！"元宝想着那两个黑色幽灵一样的人，"他们有一条很可怕的套绳……"

"嗯……"狼狗点点头，"那没错了，那两个人昨天大概天亮时，从这条村路骑车经过。那两个人……哼哼……那两个人我老早就认识的，他们每个月都会从这条路经过几次，每次车上麻袋上都鼓鼓囊囊的，我远远一看就知道里面有狗，你的朋友当时应该就在里面……"

元宝心里一阵烧灼，前脚在地上焦躁地扑腾着："那怎么办？他们去了哪里？"

"他们向西去了，现在是清晨，你朝太阳相反的方向去追……"

"好，谢谢您了，您多保重。"元宝拔腿要走。

"请等一下……"狼狗迟疑了一下，眼里带着一种奇怪的眼神，"从这里向西，有一片山岭，岭上有许多木芙蓉，叫作芙蓉岭，你的朋友这时候肯定在山岭上……小兄弟，我想请你帮个忙。"

元宝一边听一边点头，却不知道自己能帮得上什么忙。

"这季节，岭上应该开满芙蓉花了……"狼狗鼻尖朝西用力嗅了嗅，眯起眼，目光闪烁，带着深深的疲惫和悲伤，"如果你此行顺利，请帮我找到我苦命的妻子，她也在芙蓉岭上，应该被同样一条铁链拴住了，不知道现在怎样了……我名叫九歌，若你能找到她，帮我转告她，我现在大坪厝……我每天都唱着她教我的歌……小兄弟，不管她现在怎样了，都拜托你带个消息给我！拜托了！"

元宝凝视着狼狗的眼睛，深深地呼吸着，轻轻问道："原来是这样……她……叫什么名字？"

"她的名字，就叫芙蓉。"

9

老刀沉着脸，瞪着前方的山岭。他身后的一片甘蔗林里，七八条精壮的土狗吐着舌头喘着气，也瞪着前方的山岭。

此时日已偏西。岭脚下是一大片碎石地，只有一些稀疏的野草，无遮无掩，他们不敢靠近，只得藏身在这片甘蔗林里观察。

碎石地往左有一条碎石路，通向远处。往上，是一条简易的水泥路，路口斜斜吊着一幅锈迹斑斑的广告牌，上面依稀写着"芙蓉山庄欢迎您"。水泥路像一条灰色的腰带，缠绕着半山腰迤逦蜿蜒而上，路的两侧，下小半截都是土方、岩石和杂草，上大半截满目枯黑颓败，了无生机。一大片烧焦了的树桩上叉着光秃秃的同样焦黑的枝干，在夕阳下，仿佛经历过炮火的战场上斜插的刀枪和残破的旗帜，看起来触目惊心。

"头，这里就是芙蓉岭吗？"铁头四处张望着，"我记得前些年，这里到处都是木芙蓉树，怎么烧成这样？"

老刀摇了摇头，目光闪烁，沉默了片刻说道："不会错，这条路我来过几次，芙蓉岭上面的事，我也听过很多……这一片山岭虽然危险。却也不必过于胆怯，只要避开人的眼睛，这地方就平常得很。专心避开人，其他的不必多虑。"

铁头道："我们一大群上山，目标太大，想避开人的眼睛，最好分散上山，分头寻找。"

"嗯！"老刀转过身来对着大家沉声道，"接下来，两两一组，分散开来，我和铁头直接沿前面这条山路上去，你们各自找其他合适位置上山。月亮升到头顶时，不管有没有找到小刀，都回到这里集合，得到什么消息马上互相通气，走！"

几条土狗互相看了看，"哗"的一声窜出甘蔗林，两两一组，向山脚散开。老刀和铁头也拔脚狂奔，沿着水泥路向山上跑去。

片刻工夫，他们就进入了那片烧焦的树桩的树底下，一截截烧焦的树干像一只只张牙舞爪的恶灵，山风呜咽，迈步其中，仿佛走进火焰地狱的入口。

老刀和铁头都尽力控制着呼吸，渐渐放缓脚步，警惕地四处张望。老刀负责路左边的动静，铁头则一直向右张望，多年的伙伴早已养成了无须赘言的默契。

突然，老刀一个激灵停下了脚步，他迎着风仰起头，鼻翼不停张合着。

几乎同时，铁头也低下头用力嗅着地面，哼哼地粗喘。

老刀眼里放着光："你也嗅到了？"

"错不了！"铁头嗷嗷低吼，"肯定在这里，小刀肯定在这里！"

一直冷静克制的老刀，这时忍不住加快了脚步，再也顾不上脚步的动静大小，往前窜出，铁头紧追其后。

绕过一个拐弯，老刀突然顿住了身形。铁头随后一步跟上，也愣住了。

眼前已能望见这条水泥路的尽头，那棵幸存的三色木芙蓉树，盛开着满树的芙蓉花。那一朵朵芙蓉花，在夕阳的余晖下、在山间的晚风中，轻轻摇曳，每一片花瓣都似乎镀上了金，闪烁着火焰一般辉煌的光。在这片贫瘠焦灰的山岭间，突然看到这满树的芙蓉花，犹如在荒原上突然看到绽放的烟花。

芙蓉树后，掩着一方简易的铁皮房，灰白斑驳的墙体，顶着蓝色的彩钢板屋盖。紧挨着的一侧无墙体的遮阳棚下，放着一套煤气炉架、一个大水壶、几把塑胶凳子以及一堆杂物，棚脚下，还拴着一条正在趴在地上打盹的土狗。

"头，我嗅到小刀的尿了，很新鲜。小刀还活着，肯定就在那屋里！"铁头兴奋地扒拉着一只脚，"这里有很多烟头的味道，可是为什么没有人的气息……"

老刀点了点头："有没有人在，都不能等下去了，入夜后，这片陌生的山岭对我们更不利……走！"

他们三两步扑到铁皮房前，那条打盹的土狗突然惊醒。

"汪……"土狗刚要叫出声来，又硬生生把声音咽下去。他从打盹中惊醒，迷迷糊糊睁开一只眼睛——这是一只独眼狗，他另一颗眼球一片死灰，早已瞎了——他突然看到眼前的这两条大狗，以为自己在噩梦中，因为他从来没有见过这样可怕的狗，尤其是那条黑狗，健硕霸猛，龇牙滴涎，牙齿像两排倒插交错的匕首，眼神里燃烧着让人不敢逼视的火焰。独眼狗悄悄夹起了尾巴，别过脸，藏着自己瞎掉的一侧眼睛，不敢正视老刀。

"看门的狗，看着我！"老刀沉声道。

独眼狗心里一阵愤恨，这里毕竟是他的地盘，没有一只动物敢这样居高临下地吆喝他。上了芙蓉岭的动物，没有一只活着离开，都变成一袋袋血淋淋的肉，被送到岭下小镇的"十全大饭店"里去了，只有他活了下来，成了岭上唯一的看门狗。当第一天被带到芙蓉岭时，他就知道，只有隐忍、机警和顺从才有机会活下去。所以，当每次那两个人来时，铁笼子里别的狗或者其他动物，要么惊恐地后退躲闪，要么愤怒地咆哮攻击，只有他强忍着恐惧和恶心，像是见到久违的亲人一般主动上前靠近，尾巴摇得整副身体都甩动开来，嘤嘤地低吟撒娇，努着嘴唇，满是温情与眷恋。这让嗜杀的屠宰者十分诧异，于是放他出笼，用链子拴在旁边的棚口。活着出了铁笼，让独眼狗更加坚定了自己的判断，此后他更加曲意逢迎，只要那两个人出现在视野里，他就会立马起身，摇尾乞怜，蹭腿舔脚，目光时刻小心翼翼关注着主人的一举一动。对于主人的指令，及时反应，准确配合，令行禁止，不敢有丝毫的懈怠，更不敢有丝毫的忤逆。

这让他偶尔会在风和日丽的午后得到片刻摸头的恩赐，或者得到一些动物的内脏，甚至还有一些从山下带上来的剩菜骨头。然而更多的时候，却是遭受喝骂和踢打，但他不敢表露出丝毫的不快。甚至有一次他的主人不知道为了什么发起了疯，把装着一整壶开水的水壶扔向了他。导致他一只眼球被活活烫熟。第二天，他依然仰着半边被烫熟的脸，摇着尾巴迎接他的主人。

只有主人不在的时候，他紧绷的神经才会松弛下来。他瘫趴在棚口，舔着自己的伤口，任由疼痛、悲伤、愤恨和恐惧，在自己瑟瑟发抖的身体里弥漫。他独处时，才敢思念他的家乡，思念他被虏上山之前的主人——一位肥胖温柔的老太太，她身上常年散发着山茶油的味道。思念让人更加孤独，夜幕降临后整座山岭无边无际的孤寂，像永不休止地涌上前来的海浪，一波又一波席卷吞噬着他。相对于铁皮房里那些待宰的动物，他是唯一一条不知是幸运还是更加不幸的异类。铁皮房里的任何呼救、呻吟、咒骂，他都不敢有任何回应，怕给自己引来灾祸。他只能反反复复转着圈子，撕咬着那条拴住他的铁链子，铁链子上沾满了他牙龈上渗出的斑斑血迹。

日子一天天过去了。渐渐地，他不再撕咬，也不再愤恨。每一回听到铁皮房里传来屠戮的惨叫，他都为自己至今还活着而感到由衷的庆幸，并且感恩主人的青睐和宽宥，更加忠心耿耿地看守门户，他把芙蓉岭当作了家。他忘记了那个肥胖而温柔的老太太，忘记了山茶油的味道，忘记了在田埂上追着蝴蝶奔跑时，那快乐的喘息。

渺茫的希望太苦，他选择了遗忘。

这时他听到老刀的呵斥，心里掠过一丝不快，在自己的家门口想吠又不敢出声的感觉，让他如鲠在喉。但他心里知道，眼前这两条狗非同寻常。独眼狗心里十分抗拒，却又不敢拒绝，只好慢慢转过头来，抬着眼皮怯怯地望着老刀和铁头，仅有的一只眼珠子转个不停。

"听着！我是草帽山的老刀。"老刀盯着独眼狗仅有的一只眼睛说，"在我撕开你的喉咙之前，我问什么你答什么，其他的不要出声！"

独眼狗心头大震，老刀的传奇，在狗界无狗不知！独眼狗慢慢挤出谄媚的笑容："哎呀，原来是老刀头领。您大驾光临，真是蓬荜生辉，我独眼不识大人物，真是失敬失敬。我也是一条被抓上山的、被拴住的可怜的残疾狗，希望得到您的帮助和宽恕，您尽管吩咐，我知无不言，言无不尽。"

"人呢？为什么看不见人？"

"嗯……主人有时中午来，大部分是傍晚来，有时一两天也不会来，这个实在难说。"独眼狗咧着嘴保持着笑容，谨慎地回答。

"那个门要怎么打开？"老刀用嘴努了努铁皮房的门。

"那房门上是一副牛头锁，早就生锈腐烂了。每次主人过来时，我看他都是用脚踹开的……"

独眼狗话音刚落，铁头突然转过身来面对房门，先是倒退了几步，然后向前猛冲，接近房门时，整个身体突然凌空跃起，用他的肩膀和头猛地撞上了门。只听"砰"的一声，那道门松开了一条缝。铁头晃了晃脑袋，身体又退后了几步，向前猛冲，再一次用头和肩膀狠狠地撞上了铁门。"哐当！"这次门被撞开了，整扇门板都撞到屋内的墙壁上。

独眼狗看得瞠目结舌，老刀身子一晃已经冲了进去。

两声撞门的巨响，让屋内的动物躁动起来，冲进来的两条身影，更让他们失声尖叫，他们以为熟悉的恐怖屠杀又要开始了。大家定神一看，竟是两条杀气腾腾的大狗。屋内顿时安静下来。

"爸爸！"靠窗的铁笼竖条栅栏间隙，探出一个圆圆的小嘴，努力张着大叫。

"小刀！"铁头大叫起来，扑到铁笼前，疯狂地舔着小刀。

"哎呀，铁头叔叔嘴巴好臭呀！"小刀把脑袋缩了回去，用小爪子抹了抹自己的脸，兴奋地看了看小球和老狗，"你们看，我说我爸爸一定会来找我的。"说完又把嘴伸出铁栏，叫着爸爸。

铁头满脸兴奋地转过头望着老刀。

夕阳落在铁皮房的窗户上，折投在老刀的半边脸上，他血红的眼睛里似乎燃烧着金色的火焰。小刀、小球和老狗也望着老刀，铁笼子所有动物都伸长脖子望着老刀，这个日前大家还在为之争论不休的传奇人物，这下犹如天降神兵，突临眼前，大家都满眼敬畏，心里都像落入深海的人望见救援船一般，望着他们活的希望。

老刀沉着脸，打量着眼前这铁条焊成的粗格子网状铁笼子，鼻子绕着铁笼栏不停地嗅着，突然低吼一声，咬住铁笼子的门其中一根铁条撕扯起来。铁头见状，也咬起另一根铁笼栏。他们刀子一般的牙齿咬得铁条咯咯作响，拉扯得整个铁笼子剧烈摇晃。所有笼子里的动物们都紧张地张合着自己的嘴，仿佛自己也跟着在拼命撕咬。

撕咬了片刻，老刀的牙齿在钢笔粗细的铁笼栏上留下了道道牙痕，铁头那边也把铁笼子的门扯弯了形，然而这对于救援却无济于事。老刀和铁头对望了一眼，各自又换了另一条铁栏对付，结果还是没什么两样。老刀狂躁起来，嗷嗷低吼着，嘴角已咬出血来。

铁笼子里的老狗，这时瞅了瞅急得上蹿下跳的小刀，仿佛在说："你看看，我说得没错吧，就算是你爸爸也咬不开铁笼子的……"

老狗小心翼翼上前一步，嗫嚅道："老刀头领……我没有冒犯您的意思……这个，您也知道的，哪怕是虎狼的牙齿，也是咬不动铁条的……"

老刀和铁头停下了动作，喘着粗气瞪着老狗。

老狗咽了咽口水，接着说道："这里每个铁笼子都有一道门，门上头都装有一副插销……就在这位兄弟的头顶……"老狗一条腿指了指铁头。

大家目光都看向铁头的头顶上方，果然焊着一副不锈钢插销，插销的锁孔里有一截铁线。

"每次那人过来时，我都留意到他总是解开铁线，滑动插销，门就开了，"老狗看着老刀，"老刀头领，您看……"

铁头听了，身体一扑，前肢搭在铁笼门上，伸出嘴，刚刚够到那副插销，牙齿在插销和锁孔里的那截铁线上又撕咬起来。所有动物都屏住了呼吸，死死盯着铁头的嘴，屋内一片寂静，只有铁头牙齿咬着铁线和插销的咔嗒声响。

时间一分一秒过去了，铁头的牙齿依然徒劳无功。夕阳的光线渐渐退出窗户，屋内渐渐暗了下来，大家的心也渐渐沉了下去。这时候连小刀也感觉到不对了，把嘴努力伸出笼子的栅栏缝隙，低声唤着爸爸。

小球还是紧紧偎着小刀，舔着小刀的脖子轻轻安慰着："不怕，不怕，快好了。"嘴里这样安慰着，眼睛还是盯着铁头的嘴，眼里满是焦灼和不安。

笼子里的老狗绝望地趴下身体，嘴里喃喃道："人的手锁上的门，只有人的手才能打开……人有一双可怕的手……"

老刀舔了舔儿子伸出来的嘴，拱开铁头，想自己再试试。就在这时，门口呼地闯进一个身影，大家都吓了一跳。老刀一看，是自己手下的一只大黄狗，正大口喘着气冲到面前："头……头……山路上有两个人骑着摩托车上来了！"

屋内的空气顿时凝固住了，只剩下大黄狗喘着粗气的声音，大家都满脸惊恐地看着老刀。

老刀对大黄狗点了点头："你快去通知兄弟们，远离大路，各自按上山的原路返回，在山下的甘蔗林等候。走！"那大黄狗点了点头，甩着舌头转身又窜了出去。

老刀看了看眼前一排铁笼子里的动物们挤在栅栏前一张张悲苦惊慌的脸孔，又看了看小嘴伸出笼子外的灰头土脸的儿子，他的五脏六腑仿佛被塞入炭火一般，满腔灼痛和悲愤，这个一向冷静果断的野狗王，此时也方寸大乱。他低吼一声，立起前肢，又啃起铁笼门的插销。

"汪，汪汪……汪汪汪……"

门外的独眼狗突然狂吠起来，刚才那条大黄狗找来报信时，他选择了沉默。一来是因为他知道这很显然是老刀一伙的，不敢招惹，二来心里也默默期待老刀真能成事，说不定也可以顺便打开自己的铁链，重获自由。

可当山脚下摩托车引擎的轰鸣隐约传来时，他立即坐直了身体，竖起了耳朵，仅有的一颗眼珠转个不停，瞬间改变了主意。身为山岭的看门狗，外狗入侵，破门而入，自己居然一声不吭，毫不警拒，主人看到会怎样？他不敢细想，畏惧和邀功的本能，让他顾不上老刀的威慑，放声狂吠起来。

这一声紧似一声的狂吠，让屋内的动物们个个面如土色，只有老刀兀自咬个不停。可那铁线，又岂是牙齿能松开的？笼子里的老狗忍不住说："老刀头领，这一时半会儿，可能有点难。要不您和这位兄弟先出去找个地方避一下，深夜再来。要不然那人过来，把门一关，这……我们都还指望着您呢……"

铁头要看着老刀，欲言又止，他也同意老狗的看法，只是头领不退，他也不愿退。自从跟着老刀上了草帽山，不管对错，他都始终唯老刀马首是瞻，从不却步。

"汪！"老刀的嘴唇咬得鲜血淋漓，"我等人来，看谁先死！"

小球一直紧紧偎着小刀，这时也轻声说道："那个……小刀爸爸，我们知道您不怕，只是那两个人手里会生出一条很可怕的黑索……万一您有什么不好，小刀就真出不去了……"

老刀望着小球，小球的神情温和端秀，目光清澈却又坚定，轻柔的声音让老刀安静了下来。老刀看了看小球奇特的彩色尾巴，停下了动作。

"您赶紧先出去，等人走了再想办法，"小球看老刀停了下来，加快了语速，蹭了蹭小刀的脖子，"您放心，我一定会保护好小刀！我们都会保护好小刀！"

小刀蹭了蹭小球的鼻子，说："是呀，小球姐姐可好啦！"

老刀看了看儿子，又看了看铁头。铁头点了点头。

老刀叹了口气，舔了舔儿子的鼻子，又深深望了一眼小球，对她用力点了点头，转身窜出门去。

看到老刀和铁头出来，独眼狗吓了一跳，讷讷地有点

57

不知所措。老刀和铁头狠狠地瞪了独眼狗一眼，往铁皮房右侧跑去，在一大丛羊齿蕨丛中俯下了身体。

摩托车的轰鸣声越来越近，独眼狗也吠得越来越起劲。他瞥了一眼老刀和铁头藏身的那一丛羊齿蕨，然后转身只对着敞开的铁皮房门大叫，一只眼珠子不时转向路口观察，等待他主人的到来。他心里不停盘算着，既要表现出自己对领地主人的忠诚和勇敢，又不想让老刀他们暴露行踪，这样子才能两不得罪，保全自身。

"头，我们这样是不是靠太近了？"铁头低声道，"那看门狗很显然看得到我们，这样乱叫，人一来，很容易发现我们。"

老刀盯着独眼狗的后背，哼了一声道："不会，躲得太远看不清情况。那看门狗不敢指我们的方向，你没看他只对着房门叫嘛，这个半瞎精得很。"

说话间，一辆黑色的摩托车已轰隆着停在铁皮房门口。车后座的鬼仔还没等车停稳，就跳了下来，手里的编织袋往地上一抛，拎着一截钢管，盯着敞开的房门，警惕地慢慢走近。

黑鬼支好摩托，也满脸狐疑地环顾四周。自从火灾后，芙蓉岭人迹罕至，加上他父子二人好勇斗狠，为人狡诈蛮横，附近的人轻易不愿去招惹他们。谁会来这里捣乱？黑鬼看看四周没有什么异常，就跟着鬼仔也进了房门。父子俩在房里没发现什么，就相继又到门口查看。

"嗬！闭嘴！"黑鬼踢了一脚还在汪汪叫的独眼狗，"聒噪的瞎狗！"

独眼狗马上垂下耳朵，夹着尾巴缩到一旁，他挨了一脚，心里却轻松起来，知道主人不会再怪罪他了。他努力忍着不往老刀他们藏身的位置看，心里暗暗祈祷老刀和铁头能够知道好歹，藏好行迹，只要双方都相安无事，他也就平安无事了。

黑鬼四下里又巡查了一番，眯眼看了看远处山峰夹角间剩下一半的夕阳，指了指地上微微起伏蠕动的编织袋，对儿子说："算了，先收拾吧，晚上的客人等着呢。"

"哼……"鬼仔深一脚浅一脚地走上前去，又深一脚浅一脚地拖着编织袋进了屋。黑鬼用地上的大水壶接了一壶水，放在煤气灶上，点燃了煤气，随后也跟着进了屋。

独眼狗这才悄悄转头往老刀他们藏身的位置瞄了一眼，舒了口气。

老刀和铁头却更紧张起来。"人要进去做什么？"铁头不安地舔着舌头。老刀不说话，眼睛死死盯着那扇门。

这时，铁皮房内突然噪声大作，先是一阵狗嗷嗷的惨叫声，接着各种动物惊恐的、愤怒的尖叫声，以及撞击铁笼子的哗啦声，响成一片。小刀稚嫩的、惊恐的叫声，夹杂其中，像一把烧红的钢针扎在老刀心上，老刀的胸脯像风箱一样起伏，利爪使劲抓着地面，他的鼻头不停抽搐着，上唇慢慢翻起，獠牙探了出来。随着小刀一声更加清晰的

尖叫，他再也隐忍不住，"呼"的一声，站了起来，扑了出去，像一团黑色的旋风冲向铁皮房，铁头"汪"的一声紧跟上去。

老刀和铁头冲进了铁门，嘈杂的屋内顿时安静了下来。动物们被老刀和铁头去而复返一下惊呆了。黑鬼和鬼仔也停止了手上的动作，难以置信地瞪着从门口冲进来的两条狗。地板上，一条瘦弱的土狗已经被割开了脖子，瘫在水槽边，正是那条他们不知道又从哪里刚刚弄来的、刚才装在编织袋里原本就奄奄一息的土狗。

老刀和铁头挡在小刀的那间铁笼前，剧烈地喘着气、龇着牙，怒目瞪着鬼仔手里那把还在滴血的刀。黑鬼和鬼

仔的手也僵在半空中，被眼前这两条突如其来的大狗吓愣住了，一时之间没反应过来。笼子里的动物们屏住呼吸看着他们。整间屋子就像一个随时要爆炸的火药库。空气仿佛凝固住了，随着大家急促的喘息，恐惧、愤怒和仇恨弥漫着整间屋子。

"汪！汪汪！"老刀突然大叫起来，这叫声，沉闷中带着凄厉，犹如战场上的大鼓，震得铁皮房墙壁嗡嗡回响，也震得屋内每一颗心脏都血脉偾张。铁头也狂吠起来，笼子里的狗仿佛受到召唤的战士一般，也齐声吠起，连门口的独眼狗也不由自主跟着吠了起来，他自己也分不清究竟是在替主人壮胆，还是在为众狗助威。

"汪！汪汪！"

"汪！汪汪！"

一时间芙蓉岭上吠声大作，叫声几乎要把铁皮房顶掀起。黑鬼和鬼仔面面相觑，脸如土色。他们杀了这么多年狗，从未见过这样恶灵一般的漆黑硕猛的大狗。黑鬼愣了片刻，看到老刀一边吠着，一边不时转过头舔舔背后笼子栅栏缝隙里小刀伸出来的嘴，再看看被咬扯变形的铁笼和敞开的房门，渐渐明白了什么。这个经验丰富的屠夫，拦住跃跃欲试想要提刀上前的儿子，慢慢蹲下身，慢慢反手伸进身后的铁架下，扯出一个脏兮兮的帆布包，解开拉链，慢慢抽出一把黝黑长条的物件：前段双钢管并焊，后半截乌木手柄，赫然是一把双管猎枪。黑鬼又从帆布包里掏出两颗红色的子弹，折开机匣，把子弹按进弹膛，大拇指扳回保险，再慢慢地举起枪来。

从黑鬼慢慢蹲下身开始，笼子里的老狗就有一种不祥的预感，停止了叫喊，瞪着黑鬼手上的动作，等他看到黑鬼从帆布包里抽出来的物件时，顿时一阵窒息，他猛地冲到铁笼前，努力地挤出嘴大叫："老刀头领，老刀头领，快走！你们二位赶紧走！那是猎枪，那人有枪！"

小刀和小球听不懂老狗在说什么，只是惊恐地看着老刀。笼子里的群狗也不明就里，依旧狂吠不已。老刀和铁头却都一个激灵合上了嘴，他们知道枪是什么。在草帽山，他们不止一次看见村民猎杀野猪。他们伏在荆棘丛中，亲眼看见村民手上黑亮的枪管中绽开地狱的火光，枪声像一阵惊雷，与几乎同时响起的野猪的惨叫声混合一起，回荡在山谷中，惊鸟扑翅腾空，群兽噤若寒蝉。人就是死神，枪是死神手上收割生灵脑袋的镰刀。

枪口慢慢对准了老刀的脑袋，黑鬼眯起的眼缝中闪着极其兴奋的光，和他少年时第一次举起枪对准猎物时一样炽热。

就在枪口对准老刀脑袋的一瞬间，老刀突然向左虚晃了一下头，然后迅速向右扭身窜出房门。黑鬼紧绷的神经，突然愣了一下，连忙把枪口指向老刀，一旁的铁头见状，突然"嗷"的一声，不逃反进，扑向黑鬼的枪口。黑鬼又一愣，本能地掉回枪口指向铁头。这眨眼的工夫，铁头已扑到眼前，一旁的鬼仔抢起屠刀，迎头就劈向铁头，铁头一扭身，躲闪不及，刀刃便在他的肩背划开了一个口子，铁头掉头向门外逃去。黑鬼刚才被儿子无意一拦，不敢开枪，这下对着铁头的后背毫不犹豫地扣下了扳机，"轰"的一声巨响，子弹穿过铁头脖子左侧的皮肉，铁头惨叫一声扑倒在门口，在地上滚了两滚，又翻身狂奔起来。枪声震得铁皮房顶的灰尘都扬了下来，笼子里的狗都缩成了一团，安静了下来。

听到枪声和铁头的惨叫声，老刀回身大喊："你怎样？"

铁头脖子处的鲜血就像被扎破的水管喷出的水一样往外滋，他边跑边狂叫："别回头，分开走，甘蔗林……"

等黑鬼父子追出门外，老刀和铁头已分道钻进水泥路两侧的草丛中。

天边的夕阳已完全隐入山头，暮色笼罩着山岭，树木、岩石和灌木草丛都模糊成各自形状的、黑乎乎的一团。

黑鬼登上房门口的一个大岩石，四处张望，只看见一团黑影窜跳着往山坡下快速移动，他举枪瞄准了一会儿，感觉没有把握，又怕枪声引起山下村民的注意，迟疑了片刻，就什么都看不见了。他悻悻地跳下了岩石，对儿子说："算了，赶紧收拾，晚上店里有客人等着呢。"

"哼……"鬼仔握着刀，深一脚浅一脚地往屋里走。

独眼狗不知道屋里发生了什么，枪声吓得他四肢发软，看见主人往回走，赶紧站起身，强忍着恐惧和恶心，用力扑腾着前腿，摇着尾巴，表演着自己的勇敢和忠诚。

10

一条狗的一生，就是被呵斥驱逐的一生。就像童年在外流浪饱受欺凌时一样，老刀向山下奔跑时，心里充满了屈辱和悲愤：无论他多么努力活着，尽力远离、回避人的世界，依然逃不脱命运恶意的摆弄。山坡上的刺藤和尖石，在他的腿脚划伤了一道道口子，他毫无知觉，本能的奔跑中，无数回烈日下躲闪的窘迫和寒风中等待的心酸，在恍惚中一幕幕重现。

跃过最后一丛羊齿蕨，老刀的四肢踩到了松软的田埂上，他知道自己跑到山脚下的农田里了。慌乱中他跑到山林的另一侧的山脚下，他回头张望，夜幕已完全降临，入秋后的夜总是暗得很快，让人猝不及防，整片山林已经是黑乎乎的一片。老刀剧烈地喘着气，舌头伸得老长，他昂首朝空中嗅了嗅，沿着山脚下的田埂向那片甘蔗林跑去，最后那一声枪响和铁头的惨叫仿佛还响在耳边，不安像烧红的铁钳一样夹住了他的心。

绕了半圈，老刀就看到了那一片甘蔗林，他哗啦一声冲了进去，一眼就看到趴在甘蔗田垄上的铁头。铁头的脑袋歪抵着两根甘蔗的根部，后肢瘫在田垄沟里，昏暗的夜色里，他的整副身体仿佛一口被随意抛弃的破旧麻袋，一动不动地搁在那里，他脖子的枪伤不再喷血了，他满身的热血都在奔跑途中流干了。

几条等候的狗看到老刀回来，都低下了头。老刀的四肢开始轻轻颤抖起来，从四肢蔓延向全身，他越想控制，全身越抖得厉害。他慢慢地走上去，坐在铁头身边舔了舔铁头的鼻子，铁头的脑袋软塌塌的，没有任何反应。

老刀一遍遍舔着铁头的脸和脖子，低沉地呜咽着。他想着第一次遇见铁头时，那晚滂沱的夜雨；想着跟野猪坦克决战时，铁头奋不顾身挡在自己身前，被咬掉了另一只耳朵；想着许多个艰难日子的跟随与陪伴；想着铁皮房门口最后那声惨叫……老刀的五脏六腑似乎都被掏空了。

冰冷的泥地吸去了铁头的残血，也吸走了铁头的体温，铁头的身体逐渐冰冷。老刀停止了动作，这位草帽山的狗王心里明白，和他这一生中经历过的所有不可挽回的离别一样，他永远失去了自己的这位好兄弟。

"他回来有没说什么？"老刀突然沉声问。

"北山黑熊……"身后一条黑狗低声道，"铁头哥刚跑回来就一头扑倒在这里了。我一直叫他，他嘴里一直念叨着北山黑熊……"

"还有呢？"

"没有了，"黑狗哽咽着，"我再问，他就说不出话来了……"老刀凝视着铁头，慢慢地点了点头。

这时甘蔗叶"哗啦"一声响，另一条黄狗跑进甘蔗林，正是那条之前跑进铁皮房报信的大黄狗，他压着声音说："头，山上有车下来……"大家都站了起来。

老刀走到田垄边，看到一束明晃晃的车灯，从半山腰沿着水泥路向下滑动。

老刀冷静地说："都不要出声，一会儿那人要是找过来，我先从左边那条碎石路跑，人肯定会来追我，你们带着铁头从甘蔗林后走，回草帽山，绝不能让铁头落入人的手里。"

报信的大黄狗张了张嘴，想说什么又忍住了，他和其他的狗一样，都是流浪狗或是流浪狗的子女，是老刀给了他们一个共同的家，让他们不用做身戴锁链受人驱使的奴仆，也不用做为了口饭吃忍着恶心装模作样供人取乐的宠物。老刀是他们的头领，也是他们的家长，他们从不敢违抗老刀的号令，可又怎么能让老刀一个人去涉险引敌呢？

不一会儿，摩托车的车灯移到了路口，照亮了那幅残破的广告牌。报信的大黄狗绷紧了神经，蓄势待发，正准备在老刀行动之前自己先冲出去。那摩托车却一个拐弯，转向旁边的那条碎石路，扬长而去，显然并未发现他们的藏身处，只是匆匆赶路而已。

大家松了口气，等车灯远去，都陆续钻出了甘蔗林。一弯月牙，不知什么时候已经挂在甘蔗林的叶片间，冷眼注视着这片萧瑟的山岭。

老刀仰头朝山头使劲嗅了嗅，沉默了半晌，慢慢转身钻进甘蔗林，把铁头拖了出来。

惨淡的月光下，一群狗带着一条狗的尸体，向草帽山黯然遁去。

11

离开了家，走到哪里都有岔路。

大坪厝向西有一条大约三公里的平整的水泥村道，村道的尽头是个三岔口，一边连接着一条更宽的水泥公路，路上时不时有汽车或者摩托车呼啸而过；另一边则是一条坑坑洼洼黑兮兮的煤渣路，通向一片茂密的龙眼树林。

元宝愣在三岔口，有点不知所措。正在踌躇间，"叭叭！"身后一辆摩托车冲了过来，响着尖锐的喇叭。"撞死你，死狗！"摩托车上的人骂骂咧咧，吓得元宝本能地往煤渣路上跑。元宝觉得，路上的每一辆车都带着满满的恶意。

元宝一路小跑，来到眼前的这一片龙眼树林。正是龙眼果实成熟的季节，稍稍靠近树林，一股龙眼的香甜就扑面而来，仿佛迎面被人泼上了一杯果浆，甜腻腻的感觉瞬间裹满全身，渗进心里去了。每一棵树上都挂满了鲜黄的龙眼果，一串串，一堆堆，挨挨挤挤，密密麻麻，把浓密的枝叶压扯向地面，每一颗龙眼都努力炫耀着自己的甜润与丰盈，尽情享受着属于它们的秋天的荣光。

钻进树林，满眼都是虬结盘桓的树头枝干，初秋上午的阳光从枝叶罅隙间漏进树底，斑斑点点，闪闪烁烁。树干上，得意扬扬的长鼻蜡蝉、爱放臭屁的蝽象以及满身粉屑的木虱都各自忙着自己的事业。树底下落满了焦脆的落叶和过熟自然掉落摔裂开嘴的龙眼果，成群的果蝇、蚊子、土蜂盘旋飞舞在上面，嗡嗡嗡响成一片，无数手忙脚乱的蚂蚁和鬼鬼祟祟的地鳖虫在落叶底下潜行。这一片静谧的果林真是个小小的天堂。

元宝东闻闻西嗅嗅，倾听着大树慈爱的安抚和昆虫忙碌的快乐。他踩着落叶，多想开心地玩一玩呀！像每次在芭蕉村的龙眼树下一样，无拘无束地打着滚，扑腾着飘在半空的树叶，追逐着御风远行的蒲公英，或是抓到一只正在健身的螳螂，送去讨好小球。小球总是笑眯眯地放了螳螂，并向怒气冲冲张牙舞爪的螳螂道歉……哦，小球！想着小球似笑非笑的嘴角，元宝肚子里像吞了块铁球，沉甸甸的。一条身负伤害的狗，哪怕在最美的地方，也是不敢玩乐的，世上最残忍的事，就是让一条狗连快乐的心都不敢再有。

"世界这么美，为什么还会有伤害？"元宝忧郁地想着，他饥渴难耐，忍不住舔了舔地上一颗摔地开裂的龙眼。

"咕咕！救命！咕咕！救命呀！"果林另一头突然响起尖锐急促的呼叫声。元宝吓了一跳，循声往林子深处找去。

果林不大，绕过十几株粗大的龙眼树头，就到了林子的尽头。林子最后一棵树的树底下，一个八九岁模样的小男孩正手握着弹弓，拉满皮筋，嗖地往树上射击，弹弓子弹穿过树叶啦啦作响。树上一只淡红褐色的珠颈斑鸠在枝叶间不断挪腾跳跃，一边躲闪着弹弓子弹，一边哭喊着救命。男孩脚下，一只和树上那只几乎一模一样的斑鸠，歪在地上，无力地扑腾着一只翅膀，显然被弹弓击中，受了重创。树上的斑鸠望着地面上受伤的同伴，焦急地嘶声尖叫，虽然身处险境，却怎么也不肯飞离。

那男孩屡击不中，嘴里嘟囔咒骂着，恨恨地又装上一粒石子，再次向树上拉满了弹弓。元宝看着眼前的情景，心里的悲苦一下子被激化成熊熊的怒火，"汪！"他的喉咙像炸开了一个炮弹似的大吼一声，扑了过去，"汪汪汪！汪汪汪！"对着那男孩狂吠起来。

冷不丁从背后窜出一条炸毛龇牙的大狗冲自己狂叫，那男孩吓得像一个被猛拍一下的皮球一样跳了起来，尖叫着顺着果林外的小路逃去，连脚下的塑胶拖鞋都跑掉了一只。元宝又往前撵出了一会儿，才转身回到树下。

树上的那只斑鸠已经飞扑下来，绕着地上的同伴悲鸣。见到元宝返回，他尖叫着挡在同伴跟前，扎煞起双翅，满脸悲愤和惊恐。元宝见状，停下了脚步，蹲坐了下来，他柔声说："那个男孩跑了，你不要害怕……"

斑鸠望着元宝温暖的眼睛，渐渐冷静了下来，又哭泣着转身，用尖喙拨着同伴的脑袋，试图让同伴站起来，却无济于事。

歪在地上的斑鸠和同伴几乎一模一样，周身淡褐色的羽毛，颈背半圈均匀密布着一圈小黑点，仿佛系着一条小小的围巾，他褐色的尖喙渗着鲜血，胸口虚弱地微微起伏着，吃力地翻了翻眼皮说："不要哭……彩衣，我心爱的妻子……你要继续飞，飞翔多美妙呀！"

"我要和你一起飞，天空那么大，没有你，我独自要往

哪里飞……"他的妻子彩衣抽噎着。

"往有水草的地方飞……咳……往没有人的地方飞……"受伤的斑鸠吃力地喘息着，褐色的尖喙无力地斜插着地面，嘴里不断渗出的鲜血和泥土混杂在一起。他用力地摆正了一下脑袋，眼里突然有了异样的光芒，"我曾经在一个月圆之夜飞过一片湖泊，我在湖心看到另一轮明月，我整夜都在月亮上飞翔，飞翔多么美妙呀……咳……我还在羽毛最鲜亮的时候遇到你，为你在春天的清晨歌唱。彩衣，我真喜欢自己是一只鸟……"

彩衣用脑袋轻轻抵着爱人的脑袋，泪流满面。

那斑鸠翻了翻眼皮，眼珠转向元宝，张了张嘴，似乎想要说什么，可就在这时，他全身的羽毛突然张开，从尾巴向脖子次第翻张开来，紧接着又渐渐颤抖着收拢起来，就此不动了。

元宝低下了头。

彩衣的脑袋依然轻轻抵着爱人的脑袋，无声地抽泣着。

阳光红艳艳地越过树顶，果树显得更加光彩热烈，昆虫们继续忙碌，几只路过的麻雀诧异地看了看树底下的斑鸠，又欢天喜地地赶赴着自己秋天的宴会。一只小鸟，在这秋日盛景里被杀害，也在这秋日盛景里，被微不足道地忽略。

元宝心里堵得慌，想说点什么，又不知道该说什么，想做点什么，也不知道该怎么做。坐了半晌，他默默站起身，准备继续赶路。

"请等一下……"彩衣突然抬头轻声唤道，"强壮又善良的大狗，您能帮我一个忙吗？"

"能，能。"元宝连忙转身道，"我叫元宝，我能帮你做什么吗？"

"真是不好意思，刚才您救了我，还没说谢谢，又要麻烦您。可我力气太小，独自做不到……"彩衣满脸哀戚。

"不要这样说，"元宝轻轻走过去，趴下身体，把下巴搁在地面上，让自己的眼睛保持和小鸟一样高，巴眨着眼睛望着彩衣，"我能帮你做什么？"

"我不能把他扔在这里，"彩衣看着自己的丈夫，"那个男孩肯定会再来。伤害过你的人，肯定会再次来伤害，这是从不例外的事。"

元宝黯然道："是……你说得是。"

彩衣道："从这儿向西，飞一顿饭的工夫，有一片水塘，今天清晨第一缕晨曦洒在水面上时，我们正在那水塘边洗漱饮水……水塘边有一大片丑菊，我想把他放在那草丛里。强壮又善良的元宝，您能帮我把他送到那里吗？我自己做不到……"

元宝站起来道："我也正要向西，那我们现在就走吧。"

彩衣又默默地看了一会儿丈夫，然后振翅飞向半空，咕咕悲鸣着，向前引路。元宝上前叼起那斑鸠的遗体，遗体软塌塌的，轻得仿佛一片落叶，皮毛间还有一丝尚未消散的体温。元宝的鼻尖触到这残留的、很快就会像他的生命一样完全消失的体温，心里一阵悲凉。他抬头瞅瞅正在半空的彩衣，拔腿紧跟上去。

元宝刚跑出龙眼林，刚才的那个小男孩领着一个肥硕的中年大汉，从小路的另一头急冲过来。那中年大汉手里提着一根一人高的木棍，喘着粗气，边跑边骂："哪里来的死狗，敢吓我儿子，宰了你配酒！"

元宝见状大骇，叼紧嘴里的斑鸠，埋头从小路另一岔路狂奔起来。

那男孩眼尖，看到元宝嘴里的斑鸠，失声尖叫："鸟！那是我的鸟！"

男孩的父亲眼看追不上了，就把手里的木棍像标枪一样，向元宝飞投过去，没能够着，又俯身拾起一块石头猛掷过去，差点砸到元宝的腿脚。元宝吓得一个趔趄险些摔倒，他脚步顿了一顿，又向前飞逃。

"死狗！臭狗！可恶的小偷！卑鄙的强盗！"眼看元宝越跑越远，那男孩一边跺脚大声咒骂，一边挥舞着他手里那把刚刚杀死一只小鸟的弹弓。

元宝一口气从刚才的那个村庄跑到另一个村庄的外围村道上。他嘴里叼着斑鸠的遗体，无法张大嘴吐舌头喘气，仅用鼻孔出气，他的肺胀得都快要炸裂了，不得不时不时放下斑鸠，大口喘着气，又生怕那凶神恶煞的父子俩追上来，不敢多做停留，稍微喘几下就又叼上赶路。彩衣也只好飞飞落落，边引路边等着元宝。

这样走走停停，又过了两个村庄，他们来到一条纤瘦的小沟渠边。彩衣逆着沟渠往上游飞去，元宝紧随其后，不一会儿就看到一大片丑菊横覆在沟渠的源头上，绕过这片丑菊，元宝眼前一片豁然。一方水库静静地铺展在眼前，四周簇拥着的茂密的水草和拱卫半侧的丑菊倒映在水库边缘一圈，草木绿影够不着的水中央映着深蓝的天空，清风徐来，水波不兴，平静温柔的水面，如同一个上了绿边蓝底彩釉的青瓷盘。

彩衣落在一支丑菊的花蕾上，她呆呆看着眼前这方静好的水草，想着清晨时分爱人掠过水面的身姿。微风拂过她脸上的绒毛，她的身子在枝叶花蕾上微微颤抖。她扭头望着丑菊丛外草地上的元宝，以及元宝脚下爱人的遗体，眼泪模糊了她的视线，她张了张嘴，却悲伤得说不出话来。

元宝难过地耸了耸眉毛，低头嗅了嗅斑鸠的羽毛，接着跻身钻进丑菊丛中，用身体挤压挪腾出一小块平整的草地，然后钻出菊丛，轻轻叼起斑鸠的遗体，再钻进去，把斑鸠轻轻放下。彩衣也跳了下来，又用头抵着爱人的歪斜着的脑袋，抽泣起来。过了良久，她喃喃地说："他一定会喜欢这里的。他多么喜欢在这样的地方飞……他经常对我说，为了觅食和逃生，扇动的是疲惫仓皇的翅膀，那不是真正的飞翔。真正的飞翔是漫无目的、随心所欲的，是在夕阳里追逐飞絮，在月光下拨弄清影，是向丰茂的水草和丝滑的气流致敬。真正的飞翔，是给人间一个飞翔的身影……"

元宝蹲坐在一旁，默默凝视着斑鸠的遗体，眼里充满了敬意。这只已经僵冷的斑鸠的羽毛在轻风中微微颤动，这丰茂的水草和丝滑的气流也在向他致敬吗？元宝默默地想，他说："能飞真是美妙的事。他是一只真正的鸟，拥有真正的翅膀。"

彩衣抬起头，眼里放着光，感激地说："是呀！谢谢您，元宝。"说完突然振翅腾空，飞上水面。

元宝挤出丑菊丛，仰头看到彩衣飞在水库上空，她忽而收翅俯冲向水面，接近水面时，又忽而展翅贴着水面斜飞出去。初秋正午明朗的阳光，点亮了整片水域，水面上荡漾着无数细碎的亮光，彩衣飞翔在一片亮光中。她张开全身羽毛才显露出来的尾翼的一圈白羽，仿佛一件披风的花边衣摆。她在空中张合收放、疾缓沉浮的身姿中，有一种难以言说的节奏和韵律，时而像陷入深深的回忆，时而似乎在哀悼和送别，时而又仿佛在旋舞的虚影中有另一双比翅膀更轻的翅膀在奋力飞遍整片水域，飞向肉身不可企及的更高的蓝天。

元宝偏着脑袋，不由自主地随着彩衣的飞翔扭动着脖子，他心里长出一双属于狗的翅膀，他心旌摇曳，踆蹡着脚步，渴望脱离自己笨重的身体，飞向天空，这个念头让元宝热泪盈眶。

彩衣在空中突然咕咕叫着，掉头飞回丑菊丛中，扑在爱人跟前，又把头抵着爱人的脑袋，喃喃低语。

元宝听不清彩衣的低语，又不便进去打扰。他想说点什么，又不知道说什么；想做点什么，也不知道该做什么。他默默站起身，抬头看了看正在中天的太阳，看不懂西边是哪个方向，只好茫茫然沿着水库排水口的沟渠往下走。

元宝刚走到坡下，身后响起几声轻微的扑翅声，彩衣掠过他的头顶，落在他跟前的草地上。

"他……"元宝还是不知道该说什么。

"他一定会很喜欢这里，"彩衣用力点着头说，"我们总要继续飞的……元宝，你要去哪里？"

"我要去芙蓉岭，可我不知道怎么走，我觉得我迷路了……"

"芙蓉岭！"彩衣睁大眼睛，满脸惊愕，"那是个肮脏危险的地方，你不能去那里！"

元宝摇了摇头："我一定要去的。我出来找寻我的朋友，她叫小球，是一条柴犬，被捕狗人捉去了。我从芭蕉村一路找过来，经过前面大坪厝时，一条叫九歌的大狼狗告诉我，小球很可能被掳去芙蓉岭了。彩衣，你也知道芙蓉岭吗？"

彩衣不可思议地上下打量着元宝，凝视着他此时迷茫疲倦却依然温暖坚定的眼睛，叹气道："元宝，您真是一条了不起的大狗……那狼狗若是这样说，应该是对的，因为有许多动物都被掳到芙蓉岭去了。我当然知道芙蓉岭，也知道芙蓉岭上血腥的罪恶，所以每次飞过那片山岭，我们都会远远绕开。"

元宝大喜："你可以带我去吗？"

彩衣瞪着元宝："您知道那芙蓉岭是个什么样的地方吗？"

元宝道："把小球捉了去，我知道那肯定是很不好的地方。"

彩衣叹了口气："何止是不好，我听说，那芙蓉岭有一处专门关押动物的屋子，里面有很多从野外捕捉或购买的动物，更多的是那房子的主人四处偷盗去的猫狗，每天在那里宰杀动物，把新鲜的肉带到山下的小镇给那些可怕的人吃。元宝，您上了芙蓉岭，又能做什么呢？只会把自己送上门去，而且您的朋友说不定……说不定……"彩衣看着眼前的元宝，不忍心说出可怕的话来。

元宝耸了耸他的眉毛，满面愁容望着草地发呆，过了好一会儿，他摇了摇头道："我知道你的意思，彩衣，可是小球……不知道她现在怎样了……无论如何我都要去找找的。我们芭蕉村的老黑说，凡事先去做，再想怎么做。我觉得他说得对，不管怎样，我们先去找找看吧……彩衣，你可以带我去吗？"

彩衣柔声道："元宝，您帮了我的大忙，又救了我的性命，如果您决心要去，我愿意陪您一起去。"她跳转过身，用尖喙指了指远处的山岭说："芙蓉岭就在那片山岭间，半边被烧得焦黑的那一座就是了。"

元宝使劲抬头远眺，在看不出还隔着几个村庄之外的远处，横卧着一座连绵起伏、延伸向更远处的丘陵，仿佛一条正在蠕动的、随时要择人而噬的巨蟒。元宝看不见哪里有焦黑的山坡，脑海里却仿佛看到了那些山坡上到处是烈火和黑索，到处是吃狗的人与妖兽。他全身皮毛微微颤抖着，死死盯着远处的目光，却越来越坚定起来。他舔了舔鼻子，迈步前行。

12

草帽山向南几百公里的地方，有一片古老的针叶松林，慷慨的雨水和仁慈的阳光把这片森林养育得郁郁葱葱。千百年来，春华秋实，时光以她无与伦比的耐心用落叶松针在森林的脚下织出又厚又软的地毯，温柔地护佑着林中每一片辛劳的泥土、每一枚孤单的石子，以及生活其间的每一个生灵。

几年前的一天，几台巨型的挖掘机咬开了森林的边缘，闯进森林的深处。一群人推倒树木，铲平泥石，挖开地基，盖起了几排低矮的空心砖房，房子外用铁丝网圈成围墙。他们在这些空心砖房里，用钢条焊成上百个一人多高、半人多宽的铁笼，随后，在这些铁笼里陆陆续续关进了一只又一只的月亮熊——他们在这里设立了黑熊养殖基地！

在最初的一段时间，这些月亮熊被囚禁在这狭窄的刚好容下身体的铁笼里，无法自由活动，他们开始抱怨和愤怒，但因为有定时的食物和水，日子虽然苦闷逼仄，却也有无可奈何的平静。

然而真正的噩梦还没有开始。

一个暮春的清晨，阳光一如既往地洒向这片森林，也照亮着林中这几排沉闷幽暗的空心砖房。春日清晨的阳光中，有一种拨动人心的神秘力量，时刻鼓动着所有生物心生一种渴望，一种在阳光中奔跑跳跃歌唱欢呼的冲动，连昆虫、微生物甚至灰尘，都在从狭小的排气扇孔射入的几条光束中追逐旋舞。铁笼里这些呆头呆脑的月亮熊都把脸趴在铁笼栏上，眨巴着可怜兮兮的双眼，望着这些光束发呆，想象着窗外的世界。

就在这时，砖房的铁门被嘎嘎地推开，一伙身穿白色制服、戴白色口罩的工人，在熊场主的带领下，像一群幽灵一样闯了进来。他们手上都各自捧着一些奇形怪状的器械，看起来诡异又危险。

熊场主在编号为001的铁笼前站住，用下巴指了指笼子里的月亮熊。几个工人立即围住了铁笼，其中一个人提着一壶蜂蜜水，倾倒在笼内的食槽里。那月亮熊闻到了蜂蜜的味道，两眼放光，急忙趴低身体舔吸起蜜水来。其余工人见状，突然一起动手，迅速把手上的铁铐和皮带伸进铁笼，锁住熊的四肢、脖子和腰，那月亮熊还没喝完蜜水，就被死死固定在原本就十分狭窄的铁笼里，动弹不得。他嘀嘀地挣扎着，有点不知所措。

刚才倒蜜水的那人，此时已戴上一副塑胶手套，另一个人递给他一盘准备好的器械——一套可怕的手术工具！那人开始抽取这只可怜的黑熊的胆汁。

那月亮熊此时方知自己正面临着怎样可怕的事，他又惊又痛，疯狂挣扎起来，却丝毫动弹不得，只能拼命摇着脑袋嗷嗷惨叫。巨大的惨叫声响彻整片熊场，其余铁笼里的月亮熊都睁大惊恐的眼睛，面面相觑。

那人对熊的惨叫无动于衷，似乎早已司空见惯，仿佛在处理一个土豆或削一个苹果，手法娴熟，面容平静。他放下刀具，接过一方绷带，倒上些许药粉，然后把绷带按在伤口上。过了一会儿，看看伤口出血少了，又接过一支和筷子一样长的针，尾部连着一个透明的塑料封口袋。他握着长针，探进伤口，刺入熊的胆囊，金黄色的胆汁顿时顺着针管流入尾部的塑料袋内。那黑熊如遭电击一般，全身抽搐起来，痛苦得叫唤不出声来，只一味地颤抖呻吟。

那人拔下长针，把半袋熊胆汁递给熊场主。熊场主接过袋子，举到眼前晃了晃，脸上早已绽开了一朵笑花，赞许地不住点头："好，好，量足，成色也好，伙计们，辛苦了这么久，收获的时候到了，这批熊胆可以卖上好价钱了！大伙好好干，晚上好好喝两杯！"

几个人欢呼起来，一人用钢叉伸进铁笼叉住早已痛得缩成一团的月亮熊的脖子，另外几个人迅速解开熊身上的镣铐和皮带，兴高采烈地走向编号为002的铁笼……

这一天，整个熊场上空响彻着此起彼伏的熊的哀号。森林中的兽类都如临灾祸，四处逃难，受惊的群鸟飞散远离，举家搬迁。经历过无数风雨的针叶老松树，也在春天的阳光里战栗不已，针叶纷纷坠落。

漫长的一天终于结束了，最后一个工人收拾离开，拉上了铁门，熊场内陷入深深的幽暗和死寂，只听得不知哪只熊断断续续发出的梦魇般的呻吟。这一天，几乎所有成年黑熊都遭受了一遍这可怕的酷刑，除了几只年幼的、尚不适宜被采集熊胆的小熊。

编号为028的小熊出生在一个电闪雷鸣的夜晚，妈妈为他取名叫惊雷，现在两岁了，却远比实际年龄健硕得多。他手掌宽大，脖颈粗壮，胸口一片月亮形的白毛白得发亮。狭窄的铁笼也桎梏不住他好动的手脚，他每天都不停地在笼子里用各种姿势翻腾扭动着。"你这孩子没有一刻消停，就不能安静一会儿嘛！"妈妈总是这样埋怨道。惊雷妈妈就在关在隔壁笼子里，编号027。

然而这一天，惊雷趴在笼里一动也不敢动，这炼狱般的一天吓得他魂飞魄散，特别是妈妈的哀号声，一整天都在脑海里嗡嗡回荡，像尖刀一样剜着他的心。此时惊雷看看四周完全安静下来了，警惕地望了望门口，然后转头对着隔壁的铁笼压声叫唤："妈……妈妈……你怎样了？"

惊雷妈妈背靠着铁笼栏，胸腹吃力地起伏着，一只熊掌捂着伤口，虚弱地摇了摇头，没说一句话。

此后每隔两三天，就会重复一遍这样可怕的日子，一些身强体壮出胆汁量稳定的月亮熊，甚至每天都要面临这样的酷刑。整个熊场迅速被恐惧和痛苦淹没，所有月亮熊除了哀号和呻吟外，都不再发声交谈，只在发放食物和水时，本能地进食，然后就在幽暗和绝望中静默。

日子在恍惚中进入盛夏。一天深夜，几束银白的月光像探照灯似的从排气窗射进砖房内，惊雷仰着头望着这月光，倾听窗外的昆虫们在夏夜里声嘶力竭地喧闹。"他们真有唱不完的歌呀！"惊雷满心艳羡，他闻着这像蒸熟的罐头一样闷热逼仄的砖房里腐臭的气息，心里有说不出的悲哀和躁怒。

突然，一团小小的黑影迅速掠过排气窗，伴随着一声婴儿嘶声啼哭般的尖叫，窗口射入的那一束月光似乎吓得晃动了一下。惊雷压低声音叫着："妈……妈妈，有个什么东西飞过窗口？叫声好可怕！"

惊雷妈妈腹部的伤口由于被反反复复刺穿，无法愈合，早已发炎腐烂。又加上天气酷热难当，身体已经持续低烧好多天了。她听到儿子的叫唤，迷迷糊糊瞅了一眼排气窗，有气无力地说："什么东西……飞鸟夜哭，肯定是夜枭了……我小时候听祖母说，夜枭绕飞的屋子，里面就要有人去世了……妈妈可能活不了多久了……"

惊雷努力从铁栏中伸出右臂，却怎么够不到妈妈那边的铁栏，只能轻声哽咽着："妈妈……"

惊雷妈妈喘了喘，又喃喃道："小雷呀，你可要慢点长大才好，长大以后可要受苦了……"

惊雷愣了愣，道："不，妈妈，我要快点长大！我要带你离开这里！"

妈妈翻了翻白眼，摇头叹息："唉，异想天开的孩子，这都是命，想多了更苦。安安静静睡一会儿吧。"

"不，妈妈，我要快点长大！我要带你离开这里！"惊雷又道。他毫无睡意，在笼子里又开始翻转腾挪起来，用熊掌掰、用鼻子嗅、用牙齿咬，上上下下，左左右右，摸索着每一根铁栏，寻找着每一处细微的接缝，一遍又一遍重复着，直到精疲力竭，才沉沉睡去。

日子一天天过去，惊雷妈妈的身体越来越虚弱，精神也越来越迷糊，嘴里总叼着难以听清的呢喃，饭食也越来越少，有时一连几天食槽里的水都没碰。惊雷也越来越焦躁不安，整天在笼子里拉扯撕咬个不停。

一天上午，一个饲养工人进来添加饲料和水时，站在惊雷妈妈笼子前，瞅了瞅食槽里发臭的饲料，用手里的长柄铁勺捅了捅笼子里的熊，毫无反应。他用长勺敲了敲惊雷妈妈的嘴，又用勺子边沿拨了拨她的眼皮，厌恶地"呸"

了一声，就匆匆跑了出去。不一会儿，那工人领着熊场主和另外两个工人进来了。几个人一番查看后，熊场主皱着眉头大骂："怎么搞的！这要损失一大笔钱呢！赶紧弄出去……还有半口气，趁新鲜，拖到后院把熊掌剁下来处理好，上头的领导吩咐很久了。"

一个工人应了一声，跑到门口拉了辆平板推车过来。另一个工人掏出一串钥匙，查看了一下编号，捏住其中一把钥匙，打开了铁笼门上的挂锁，扯动一小节门栓，"咣"的一声拉开了铁笼门。几个人手忙脚乱地把熊拖拉搬抬上推车，推了出去。

惊雷睁大眼睛，惊恐地看着这一切，看着妈妈被放在推车上，脑袋四肢软软地瘫垂着，身体像一堆又脏又破的旧棉被，他一下子悲从中来，疯狂地拉扯着铁笼，厉声哀吼起来："妈妈！妈妈！"

凄厉的号叫吓了那几个人一跳。

"畜生！安静！"那个饲养工人用他的长柄铁勺敲打着惊雷的铁笼，"再鬼叫就打死你！"

喝骂间，平板推车已经被推出了门，推拉大铁门缓缓关闭。惊雷意识到，他再也见不到妈妈了。悲苦和恐惧抽空了他的力气，他蜷缩在笼子里，泪流满面。

一整天，惊雷都一动不动。他躺在笼子里，侧着脑袋，眼睛直勾勾地望着隔壁空荡荡的笼子，悲伤像海浪一样一波又一波地淹没了他。他哭累了，就疲倦地睡去，醒来又

继续哭。夜幕降临，他的眼睛又肿又涩，流不出眼泪了。

午夜，昆虫依旧无休无止地聒噪，砖房内依旧闷燥死寂，其他熊也依旧在睡梦里呻吟呢喃，似乎什么都没发生过。熟悉的月光照例从排气窗洒进砖房内，只是位置有了不易察觉的移动。月光照亮了惊雷妈妈那个空笼子，以及那一扇半开的铁笼门，仿佛她从来就不存在过一样。

惊雷歪着头，视线恍惚地望着这束月光，以及隔壁被月光照亮的半开的铁笼门。突然，惊雷意识深处似乎响起了一声呼喊，他缓缓坐直了身体，慢慢睁大了眼睛，努力盯着那扇在月光下越来越清晰的半开的铁笼门，他看到了一直以来苦苦寻找摸索的答案。

门！每个铁笼子都有一扇门！一扇可以打开的门！

惊雷从潮水般的悲伤中缓过神来，想起了白天那个工人打开锁、拉开门的情景。他把一侧脸紧贴在铁笼门栏上，望向铁笼门的外侧右上方，果然看到一把同样规格的挂锁，吊在一小节插销的环扣里。他站起身，右臂探出铁栏，向上掏握住挂锁，使劲拽了拽，当当作响，却纹丝不动。他定了定神，又想起那个工人手上的那串钥匙。没有像人那样的手，熊是打不开锁的——这个念头像一盆冰水浇在惊雷的头上。

惊雷又缓缓坐了下来，抬着眼皮，目光死死地盯着头顶的那副挂锁。那锁仿佛就吊在他嗓子眼里，他又想起了妈妈，窒息一般的无助感随着眼泪又溢出了眼眶。

没有钥匙就打不开锁吗？没有人的手就打不开锁吗？惊雷低头凝视着自己的右掌，他的掌心又厚又硬，长满了

黑毛。

"我的手掌这么大！"他想。

他又恨恨地站起身，伸出右臂又握着那把挂锁，死命地往下拽，往下拽，一直往下拽。一下，两下，三下……他全身力气都运在右臂上，时而双腿蹬着铁栏往下拽，时而整副身体悬空地往下拽。熊场里响声大作。其他月亮熊纷纷惊醒，一阵骚动。

"嘿！安静点小鬼，"对面笼子里的一头大黑熊骂道，"大半夜的，吵死人啦，再吵咬死你！"

"哼，咬死我？你出得去才行呀！"惊雷心里暗暗想。他渐渐冷静下来，尽量控制声响，右手掌却更坚定地拉扯着，一直到精疲力竭，瘫坐下来。

月光不知什么时候已经退去，在拂晓前模糊的光线里，惊雷看到自己微微颤抖的右掌又红又肿，几处外皮破裂，渗出血丝。他握紧拳头，咬着牙，沉沉睡去。

此后每天，惊雷白日里把食槽中的饲料和水吃得干干净净，吃完就呼呼大睡，一到夜里，就一遍又一遍重复着拉扯拽撕那副挂锁，有时也在工人离开后的晌午，有时也在工人还没来的清晨。起初，周围的黑熊因为他动作吵闹，纷纷对他恶语相向，冷嘲热讽，大家每天都以谈论讥笑他取乐。生活在苦难中的群熊，在同伴癫狂执拗的行为中找到一点谈资和乐趣。惊雷或装聋作哑，或装疯卖傻，并不理会。时间一长，大家就渐渐习以为常，见怪不怪了。

日子一天天过去，惊雷的右掌越来越厚实粗壮，掌心和各节指肚上都长出厚厚的硬茧，掌上的黑毛渐渐稀少脱落。有一天，左右双掌互相搭在一起时，他诧异地发现两掌截然不同：右掌硬茧虬结，且明显粗大了许多。这让他隐隐不安，怕被饲养工人察觉，于是每次真睡或假寐时，都把右掌压在身下。

由于长时间拉拽，那副挂锁表皮的铁漆开始脱落，插销也明显变形，可挂锁的U形锁梁依然紧紧扣在插销的环扣里。无数次身心俱疲疼痛难忍时，惊雷自己也觉得恍惚和悲哀起来，他不知道自己为什么要这样，不知道自己在坚持什么，在一副不可能拉开的锁里做一个不切实际异想天开的梦？

可是，如果连梦都没有，又如何度过这地狱里漫长的日日夜夜？

13

时光老人面无表情地向前迈步，不为幸福停留，也不为苦难加速。熊场熬过了夏天，又熬过了冬天，昼夜长短交替，气温冷暖变换，时间恍恍惚惚地来到第二年的夏天。排气窗外的昆虫又开始吟唱，熟悉的月光又洒在隔壁惊雷妈妈住过的那间铁笼，只是铁笼里早已换了另一头熊。

深夜寂静，惊雷在笼子里翻了个身，缓缓站起身来。这一年来，他的体型增加了将近一倍，俨然已是一头成年公熊，体毛旺盛顺滑，四肢粗壮有力，右掌更是大得出奇。他默默看了一会儿这束月光，又想起了妈妈。他鼻孔里喷了喷气，转身探出右臂，又开始握住那副挂锁。以惊雷现在的直立身高，挂锁近在眉眼。

惊雷想着最近几个白天，饲养工人和那个熊场主站在他的铁笼前的情景，他们盯着惊雷的眼神，就像盯着待宰的猪羊。惊雷假装睡觉，心里却清楚得很，自己已是成年公熊，距离被采集胆汁的时候越来越近了。想到这，他心里一阵焦灼。他咬了咬牙，握紧挂锁，沉腰蹲步，用尽全身力气往下猛拽起来。

就在这时，那副挂锁里突然发出"咔"的一声轻响，这轻微得几乎难以听清的轻响，在惊雷心里却仿佛炸开一记焦雷，轰得他僵在当场。这一年来，他日夜和这副挂锁纠缠，心神意志早已渗入挂锁内部，从刚才的这声轻响里，他分明感觉到锁芯内部有什么东西断裂挣脱开来，他几乎可以肯定，只要再用力一下，挂锁就会被扯开！这就好比在饭里咬到硬沙子，旁人察觉不到，当事的人却如遭电击，恨不得叫出声来！

惊雷愣了片刻，右掌指甲捏住锁，鼻子凑上去，细细端详。那挂锁U型锁梁果然被扯出了一小节！他的心怦怦

芙蓉岭历险记

直跳，健硕的身体都微微颤抖起来。一个不可能实现的梦，成真就在眼前！他有点不知所措。

惊雷又愣了片刻，望向砖房尽头的大铁门。即便打开铁笼，那扇铁门也出不去。如果现在拽裂挂锁，到白天被饲养工人发现，换了新锁，一切都将付之东流。艰难对付了一年的锁，眼看就可以打开，惊雷心痒难耐，却又不敢再动，就好像伤口愈合结痂脱落前一样，奇痒难忍，又不敢揭开。

惊雷不断站起又坐下，伸出掌又缩回去，纠结徘徊，直到天亮。

清晨，饲养工人提着饲料"哗啦"一声拉开了推拉铁门，昏暗的砖房陡然亮起，夏日的晨曦洒满铁门外的水泥地上，隐约还能望见户外水泥场地低矮的小围墙外，在阳光下摇晃闪亮的树叶。

惊雷呼吸急促起来，右掌握得关节咯咯作响，他几乎就要站起来扯断挂锁、冲出敞开的铁门，可他锥心地忍耐着，痛苦地克制着，他也说不清自己在害怕什么，只是这一年多的煎熬凝练成的理智在心里告诉他，还不是时候！再等等！忍耐和等待，有时候比努力更要紧呀！

数日后的一个午后，天气异常闷热，逼仄的熊场内像一座火窑，烤得每一根铁栏都在发烫。黑熊们热得恨不得撕下自己的皮，都在笼子里躁动低吼。只有惊雷静静地坐着，目光盯着屋里一个正在清理卫生的工人。那人脚下蹬着长筒水靴，穿着大裤衩，光着膀子，正在一边擦汗，一边骂骂咧咧地挥着扫把清理粪便和垃圾。

"轰——"

远处突然传来一声闷雷，雷声沉闷悠长，仿佛遥远的地方有一座大厦倒塌了一般。紧接着又是连续几声，雷声越来越近，似乎有许多巨大的车轮在头顶的天空翻滚碾压过来，让人压抑窒息。

排气窗外猛地闪过一条火龙，紧接着"轰隆隆——"一声巨大的雷声在熊场上空炸裂，似乎把阴暗的天空都崩裂开来，震得整座砖房嗡嗡作响，黑熊们都不安地吼叫起来。

"嗒嗒，嗒嗒嗒……"

砖房的彩钢板屋顶上，开始敲起了雨滴声。那个工人抬头听了听，急忙扔下扫把往外跑去，就在那人跑到门口，拉关铁门的那一瞬间，又一声响雷炸开，那人惊慌地用力甩上门，掩着头落荒而逃。也不知道是那人摔门用力过猛，或是推拉铁门松动，铁门撞上门框后向后反弹了回去，滑开了一条巴掌宽的门缝。

惊雷霍地站了起来，门缝外的闪电在他的瞳孔里映出道道火光。转眼间，户外已经雷电交加，风雨大作，彩钢板屋顶上仿佛有千万头黑熊在怒吼，有千万只大脚在踩踏，风雨雷电一起疯呼尖啸、狂轰滥炸，惊魂夺魄，难以名状。黑熊们的骚动声，在这天地间无与伦比的喧嚣嘈杂中，显

得如蚊蝇嗡嗡一般微弱，咫尺之间都难以听清。黑熊们都惊恐地抓着铁栏，他们感觉下一秒屋顶就会被掀翻，砖房就会被推倒，一切都会被碾碎吹散。

惊雷热血沸腾，胸口剧烈起伏。是时候了！再也没有比这更好的时机了！他昂头张嘴，大吼一声，右臂探出抓住挂锁狂拽起来，三五下后，只听"咔嗒"一声，挂锁应声脱落，连插销都被扯裂开来。惊雷侧身猛撞笼门，"咣"的一声笼门大开。惊雷低头窜出了铁笼，站在了水泥地板上。

熊场里的黑熊们停止了骚动，全都瞪大了眼睛张大了嘴，难以置信地瞪着眼前不可思议的一幕。惊雷不敢稍加逗留，直冲向铁门，那只大得出奇的右掌穿过那条巴掌大的门缝，"哗"的一声侧拉开大铁门，一阵大风挟带着精灵般的雨水扑向惊雷怀里，一股从未有过的清爽和痛快，霎时间清泉般注入他的血液和灵魂，这是天地的气息！这是自由的气息！这是生命的气息！

惊雷热泪盈眶，一头扎进狂风暴雨之中。

14

跑，向前跑，一直向前跑！整片森林在风雨雷电中像一大锅煮沸的粥，置身其中完全分不清东南西北，惊雷只能凭着越跑离熊场越远的感觉，本能地朝森林深处狂奔。头顶青白的闪电像一把把弯曲的利刃，不断划破夜空，投刺大地。不知道是什么东西断裂了，发出尖厉恐怖的声响："咯咯咯……咔嚓！"他有时突然跌进水坑里，有时被横木绊倒，全身的黑毛都沾满泥浆和草叶。有几次雷电就劈在身旁的树木上，他鼻子喷着气，嘴角吐着白沫，心里却无比畅快，他在雷声里出生，又在雷声里重生，他知道雷电不会伤害他。

不知道跑了多久，惊雷渐渐跑不动了。他趴在一个水坑边剧烈喘息着，嘴凑进水坑里喝着雨水，慢慢冷静了下来。此时头顶上的雷声渐渐远去，狂暴的雨势逐渐变得柔和起来，雨水渐渐沥沥洒在松针叶上，又滴滴答答落在树底下。不一会儿，雨完全停了，树叶上的积水滴落的声音也越来越缓。刚才的一场暴雨，把惊雷一路奔跑的脚印和气味完全冲散。他虽然心有余悸，却敌不过精疲力竭的困倦感。夜幕笼罩了这片森林，他抱着一个松树头沉睡过去。

次日清晨，惊雷被一阵"啾啾啾啾"的鸟叫声惊醒。他睁开眼睛，看到一群黄腹山雀在松树枝头兴高采烈地呼朋引伴、穿梭蹦跳。清晨的阳光斜斜滑进树林，映亮了树冠间一缕缕游丝轻纱般的晨雾和松针叶尖亮晶晶的露珠。昨日天黑前那漫天漫地的雨水，被宽厚的树林完全吸纳，只剩下低洼处的积水和潮湿的泥土，提醒着惊雷昨天的那一场逃亡。

　　惊雷颤巍巍地站起来，除了那只大得出奇的右掌，全身没有一处不酸痛。他四处张望着这个他从未见过的、与铁笼子相比宽广无比的新世界，满怀欢喜又心生畏惧。他的肚子咕噜噜叫了起来，饥饿让他本能地四处寻找，扒拉着落叶和草根。他找到了几条肥美的蚯蚓和树蛙充饥，还在一个巨大的山石边发现了一大丛鲜红的树莓，酸甜多汁的树莓让他一下子开心起来，感到活着实在是一件美妙的事。

　　最初的几天，树林里的一切声响都让惊雷感到害怕。噪鹛古怪的鸣叫、山鸡在草丛里的扑腾以及野兔跑动的动静，总让他心神不宁。不过渐渐地，他发觉自己的害怕毫无必要。有一天傍晚，惊雷在一处石壁下的水坑边喝水，迎面碰到一头半大的小野猪，四目相对，那野猪愣在当场，惊雷也不知所措，出于礼貌，他起身抬掌讪讪地想和这个长相丑陋的家伙打招呼，结果那小野猪一声尖叫，掉头跌跌撞撞地逃开了。还有一次，惊雷遇见了一只白脸獐，那獐看到惊雷仿佛见了鬼似的，一边叫着妈妈呀，一边哭喊着逃走，留下了一摊尿。惊雷渐渐意识到，对于树林中的其他动物来说，自己才是可怕的存在。

　　最大的威胁还是饥饿。惊雷总是吃不饱，一整天都四处扒拉。他不得不扩大活动范围觅食。有一天，惊雷游荡到树林的边缘，远远看到山脚下有人影在活动。他惊恐地发现，那些人影当中，有几个身穿白色的衣服，似乎和熊场里的工人穿的一样。他这才知道自己并没有逃离多远，还在熊场所在的这片森林里。这个发现让他坐立不安，他喜欢这片森林，可是他意识到，安逸是最大的危险，他决定远远离开这片森林。

惊雷在第一次睡着的那棵针叶松树下呆坐了半天，然后起身朝着与发现人影的位置相反的方向走去。

几天后，惊雷走出了森林，他站在山另一侧的半山腰，俯瞰山脚下错落的村庄，遥望村庄之外更远处另一片连绵起伏的山岭。天空湛蓝高远，令他目眩神怡。

"外面真大呀！"惊雷满心艳美。可是外面的世界无遮无挡，又让他感到害怕，他不敢再往下走。他在半山腰扒拉了老半天，只找到了几颗浆果和两只蚂蚱，实在不够塞牙缝的，只好揪了几把草叶充饥。他在铁笼子里吃饲料长大，还没学会在野外怎样获得足够的食物。

入夜后，山脚下的村庄亮起了星星点点的灯火。惊雷在一块大岩石上坐着，呆呆望着山下的灯火，他不知道往哪里走，也不知道该做什么。他饿得手脚发软，心里感觉好孤单，他好想妈妈。

靠近山脚的一处房子，突然亮起一盏特别亮的灯，比别处的灯亮得多，大灯亮起时，还隐约伴随着铜锣的敲击声和孩子们快乐的尖叫声。惊雷从未听过这么快乐的声音。他心痒难耐，加上饥肠辘辘，决定下山看看。

惊雷沿着几条田埂，慢慢挨近那一处亮光。他把身体隐在一大丛四季豆的藤蔓后面，探出头张望。眼前是一座陈旧的祠堂，门口有一片宽阔的青石铺就的场地。祠堂门口一根高高的旗杆上吊着一盏亮得刺眼的大灯，把场地照得亮如白昼。场地上一群村民嘻嘻哈哈地围成一圈，老人孩子居多。人圈正中央一个身着蓝背心的干瘦老头，嘴里叼着半截香烟，左手拎着一面铜锣，右手握着半截短棍，正逗着一只老猕猴。猴子头上戴着一顶破草帽，骑着一辆小单车在转圈圈，一边转，一边做出诸如敬礼、摇屁股以及假装摔倒等各种滑稽的动作，引得围观人群笑声不断。老猕猴一边表演着，一边不断紧张地转头观察瘦老头和他手里那截短棍，生怕出了什么差错。

孩子们笑得最欢，他们有的兜里揣着咸花生，有的手里抓着油酥饼，还有的把自己的香蕉和苹果扔给猴子，边吃边笑，时而交头接耳，时而互相推搡，乐不可支。

"他们真快乐呀！"惊雷心里好羡慕，"而且他们都没有穿着白色的衣服，也没有戴着白色的口罩，应该不是会拿刀子割熊肚子的人吧？"孩子们手里的食物让他直咽口水，他真想跑出去和人们一起玩，希望有人给他点吃的。"猴子可以和人一起玩，我应该也可以吧？"惊雷不断想说服自己，却始终不敢走出去。

夜渐渐深了，猴子也表演不出什么新的节目了，围观人群陆续散去。等那耍猴的瘦老头从他身后的帆布口袋里掏出狗皮膏药开始宣传和兜售时，人群散得更快了。最后几个孩子被父母吆喝着催回家后，场地安静了下来。瘦老头开始骂骂咧咧收拾起来，他关闭并取下大灯，把铜锣等物什塞进帆布口袋里，接着取出一条细长的铁链把那猴子拴在祠堂门口屋檐下的石柱上，然后掏出一瓶酒咕咚咕咚灌了几口，再抽了一会儿烟，就勾着脑袋走进祠堂大厅，躺在竹长椅上睡了过去。

没有月亮，夜空中繁星闪烁。幽暗寂静下来的祠堂，这下被周围田地里昆虫和青蛙的叫声淹没。那猴子脖子上套着项圈，脑袋靠在石柱子上，脚底下扔着几根香蕉和火腿肠，他却似乎不感兴趣，只是歪着头看着屋檐外夜空中的星星，满脸疲倦。

惊雷在菜地里蹲得全身发麻，确认没有人后，终于慢慢走了出去，急切地在场地上捡起散落在地上的花生壳和果皮往嘴里塞。那猴子猛一见这庞然大物，瞪大眼睛站了起来，差点叫出声来。惊雷连忙摆手作揖，趴在地上表示没有恶意，压低声音说："猴哥，猴哥，别叫，别叫。我实在太饿了，能给口吃的吗？"

那老猕猴被耍猴人带着四处漂泊，走南闯北多年，奇奇怪怪的事情见得多了，见惊雷趴在那儿求食，很快镇定下来。他把脚下的香蕉和火腿肠都扔过去。惊雷一把抓起，连皮带泥，几口全吞下去，他吧砸着嘴连声道谢。

老猕猴往屋里瞅了瞅，低声道："吃了赶紧走，主人手里的棍子可不是闹着玩的！"

惊雷问："他会打你吗？"

老猕猴哼了一声，不回答。

惊雷想了想又说："猴哥，你骑着单车翻跟头，他们就给你吃的吗？"

老猕猴又哼了一声，不回答。

惊雷又说："猴哥，如果我跟着你一起做，他们也会给我吃的吗？"

老猕猴诧异道："你？你会做什么？"

"我会单掌倒立！"惊雷举起他的右臂，"我也可以学你骑车，那看起来并不难。"

老猕猴沉默了一会儿，道："地底的、水里的、山上的，到处都是吃的，你不应该跟别人要吃的，特别是人！你要学的应该是怎样自己找吃的，而不是学着怎么被人当猴耍！"

"可是你们看起来好快乐！"

"老弟，"猴子晃了晃拴着自己脖子的链子，满脸厌倦，"只有自己能做自己的主，才有真正的快乐，除此之外，全都是假象。"

惊雷也沉默了一会儿，想着熊场里的铁笼子，点了点头，他坐了起来凑上前去举起右掌："我的这只掌扯断过铁锁，我觉得我可以扯断你身上的铁链子。需要我帮你吗？"

老猕猴眯着眼睛凝视着眼前这只比蒲扇还大的熊掌，缓缓站了起来，瞳孔里闪烁着满天繁星般的光芒，他又扭头朝祠堂里瞅了瞅，转身对惊雷使劲地点点头！

惊雷刚要上前，祠堂内突然冲出一条人影，正是那耍猴老人，那人手里握着一把手电，大喝一声："谁！"手电往惊雷身上一照，愣了几秒，随即失声尖叫："哇啊！"大叫声中，那人手电都摔落在地，连滚带爬钻回屋里，紧接着屋里响起急切的铜锣声："咣咣咣咣……"那人一边敲锣，一边狂呼："救命呀！救命呀！有怪物呀！怪物吃猴子啦！怪物吃人啦！"

刺耳的铜锣声和惊骇的呼救声惊动了夜晚宁静的村庄，附近几户人家的灯光陆续亮起，几束手电筒的光亮伴着人的脚步声向祠堂聚了过来。惊雷被吓得手足无措，他朝猴子摇了摇头，转身向菜地逃去，他压倒了四季豆的藤蔓竹架子，踩蹋了花生田的田垄，慌不择路地朝前狂奔，就像那天逃离熊场一样。慌乱中，惊雷担心地回头瞥了一眼，祠堂门口的灯已亮起，隐约看到耍猴人轮着棍子抽打着猴子，边打边骂："那么大怪物靠近，你也不吭声，畜生！废物……"

"不管穿什么衣服，人都是一样的。"惊雷心想。

惊雷踩过一垄垄形状各异的庄稼地，穿过一个个沉睡中的村庄，天蒙蒙亮时，他跑到一片开满了芙蓉花的山岭，在岭下的南瓜地里抱着一个大南瓜饱餐了一顿。天亮时分，他涉过一条状如葫芦的小溪，在溪边饮水，当他从清澈甘甜的溪水中抬起头时，看到前方有一座像草帽一样的山峰，在清晨的阳光下闪亮着金边。

"真像猴子头上的帽子呀……"惊雷喃喃道。他眯缝着眼睛呆看了一会儿，随即沿着水流，溯溪而上，厚壮的背影越跑越快，很快就头也不回地隐入草帽山的树林中去了。

15

傍晚时分开始变天。铅色的天幕阴沉沉地罩在芙蓉岭的上空。独眼狗闷闷不乐地趴在门口，目光空洞洞地望着远处，想着莫名其妙的过去，想着没有希望的未来，想得更多的，还是昨天那两条凶神恶煞般的大狗。昨天的事让他心里一直惴惴不安，他反反复复一幕幕地回顾盘点着自己昨天的言行，担心自己哪里出了差错。

独眼狗张大嘴刚要打个百无聊赖的哈欠，就看到路口走来一条大黄狗，那狗满脸慌张，一边四处张望，一边不停地在地上嗅着。突然，那大黄狗对着一片泥地转着圈地狂嗅着，嘴里呜呜地叫着。这时，一只珠颈斑鸠斜飞过来，"噗"的一声落在大黄狗面前："我四处查看了，没有人在。元宝，是不是有踪迹了？"

元宝使劲地点着头，眼里闪着泪光："有，彩衣，这里有小球的气味，很清楚！她果然在这儿！"

独眼狗霍地站起来，满脸狐疑，心想：这两天是怎么了？平时芙蓉岭上都不见有动物敢来，这两天怎么有这么多狗来送死？老刀他惹不起，眼前这狗看起来老实得很。他决定展示一下自己的威严，消一消昨天那不得不咽下的气。

"嘿！嗬！"独眼狗亮出犬齿，大喝道，"没看到我在这儿吗！你们擅闯我的领地，是不是想找死？"

元宝吓了一跳，讷讷地不知所措。

彩衣往独眼狗面前跳了跳道："您好，请问您在这儿有没见到一条尾巴是彩色的柴犬？"

独眼狗的一只眼睛目光闪烁，歪着头说："你说什么？我耳朵不好，你近一点说。"

彩衣又向前跳了跳。

独眼狗突然向彩衣猛扑过去，爪子差点抓到彩衣，却被脖子上的铁链生生勒住，他怪叫着拼命向前伸长爪子乱抓。

彩衣却似乎早有准备，她从容跳开，盯着独眼狗那一只盲眼，冷冷地说："等你这只瞎眼长出新的来，再来抓我吧。"

独眼狗暴怒立起，对元宝叫道："喂，那笨狗，想知道彩色尾巴狗的事吗？把这只鸟抓给我，我马上告诉你。我好久没吃到这么新鲜的鸟了！"

元宝急忙走上前："那不行，彩衣是我的朋友，你不能抓她。你是不是肚子饿了？我想办法给你找点吃的可以吗？"

独眼狗盯着元宝，感觉这大黄狗看起来老实，目光却异常坚定，来硬的只怕讨不到好处。他想了想又说："哼！不吃这破鸟也行，那你进旁边那屋里去，找找里面有没有什么碎骨内脏什么的，全都带出来给我，你自己不许吃！那门撞几下就开了，昨天就有两只笨狗刚进去过。"

元宝道："这屋里为什么会有那些东西？"

独眼狗邪笑道："这里是屠宰场，你说为什么会有？嘿嘿，说不定你那彩色尾巴的朋友也在里面呢！"

彩衣飞身停在旁边铁皮房的窗户上，朝里面细看了一会儿，转身对元宝点了点头。

元宝听到小球可能在里面，早就心急难耐，他用身体猛撞了几下房门，"砰"的一声，跌进了屋内。

一股腥臭霉腐的味道扑面而来，元宝一阵窒息。在这些可怕复杂的味道中，他很快清楚地辨认出小球的气味，可满屋找了个遍，也看不到一条狗的踪影，只有一些看不出是什么的动物蜷缩在角落的几个铁笼子里。元宝在一个水槽边找到几块碎骨头和一个塑料袋装着的内脏，他浑身都颤抖起来，反复辨认，确定那些东西不是小球的，就一一叼出去放在独眼狗面前，那独眼狗嗷嗷地狼吞虎咽起来。

元宝焦急地看着独眼狗吃完，赶紧说："只有这些了，全给你了。请你告诉我，我的朋友在哪里？这里明明有她的味道，可为什么一条狗都没有了？"

独眼狗使劲舔着嘴唇，斜着眼冷笑道："告诉你又有什么用？你这笨狗看起来不错，还是别去送死了，赶紧回家去吧。告诉你，草帽山的老刀昨天也带着一帮伙计过来找他的家人，我在外面听见屋里有小狗大声叫爸爸，估计是来找儿子的。你猜结果怎么着？砰！我的主人一枪就把他的朋友轰到天边去了，他自己是死是活还不知道呢……就凭你也敢来芙蓉岭，嘿嘿！"

元宝和彩衣对望了一眼。

彩衣道："老刀是草帽山的狗王，听说很厉害的。"

元宝点了点头："我以前在芭蕉村好像也有听老黑叔聊起过……"

元宝想着那充满传奇色彩的狗王，都救不了自己的儿子，他自己能行吗？想到这儿，心都凉了一半。他满脸沮丧地望了一眼彩衣。

彩衣一下明白了他的心思。她跳到元宝背上，居高临下看着独眼狗，对元宝说："别听这瞎狗胡说八道，真要这样，那屋里的狗呢？怎么一条也看不见？我看这里根本什么都没有，这瞎狗只是个看柴门的。"

独眼狗暴跳如雷："你这破鸟懂什么！今天一大早，我的主人就把那笼子狗运下山去了，拖出铁笼时，我都瞥见那条彩色的尾巴了，哼哼，这下肯定都送到……"

元宝瞪大了眼睛："送到哪儿了？"

独眼狗突然闭上了嘴，一颗眼珠子看了看元宝，又翻着眼皮瞪着彩衣："你这破鸟还真狡猾，想骗我的话……"

元宝央求道："大哥，请你告诉我吧，我们是同类，应该互相帮助才对。"

独眼狗道："告诉你也没用，你也未必找得到。你说得对，我们应该互相帮助。这样吧，笨狗，你想办法弄断我身上的铁链子，我就带着你去找你的朋友。"

元宝一听，上前对着那条链子一阵撕咬，铁链哗啦啦作响，却哪里咬得动半分？

独眼狗笑骂道："说你笨，你还真笨得不轻，你要是咬

得动铁链，难道我咬不动？我还用得着你？"

元宝急了："你……那你要我怎么弄断？"

独眼狗道："那是你的事了。你想找到你的朋友，就得自己去想办法……或许，你应该去找找老刀，他肯定有办法。为了找到儿子，他也得来帮我，不，来求我！"想到老刀真有可能来求自己，独眼狗心里一阵快意。

元宝还想再恳求，却被彩衣叫住了："元宝，不要说了，这种狗求是没用的，越说他只会越来劲，我们走吧！"

元宝叹了口气，转身刚想离开，瞥见了铁皮房前的那几棵木芙蓉，树上的三色芙蓉花已经变得深粉，在黄昏的秋风中弱弱地摇曳，在阴沉的天空与阴森的山岭之间，芙蓉花美得那么刺眼，美得那么忧伤。

元宝突然想起大坪厝那条狼狗的嘱咐，转身又问道："请问，这芙蓉岭上，是不是还有一条叫芙蓉的狼狗？"

"芙蓉！"独眼狗脸色大变，"你怎么知道的？"

元宝道："前一天我经过大坪厝时，遇到九歌，

他……"

"九歌？"独眼狗尖叫起来，"他还没死吗？"

"没有，他在一片蘑菇棚门口，被一条铁链拴着。"

"蘑菇棚？铁链？哈哈哈哈……"独眼狗大笑起来，笑得摇头晃脑，快意至极，"我还以为有多了不起，还不是和我一样，也是条看门狗，哈哈哈……"

元宝和彩衣吃惊地对望了一眼，又问："你们认识……那芙蓉现在在哪儿？"

独眼狗又嗤嗤笑了一会儿，然后换了个舒服的姿势趴着说："好吧，你这笨狗带来的消息，让我心情很好，好久没有这么愉快了，我就告诉你吧。"

"我被带上山时……"独眼狗在晚风中眯起了仅有的一只眼睛，想起自己刚上山的情景，叹了口气。

"我被带上山时，芙蓉和九歌已经在这里了，他们好像就是在这山上长大的。那时候的芙蓉岭可与现在大不相同，整片山头都是木芙蓉，数不清的芙蓉花老开着，数不清的鸟在枝头老叫着。我的主人在这里开了个山庄，各种各样的人都来芙蓉岭游玩，他们在芙蓉树下烤肉、喝酒，唱歌，每天都有好多吃剩的骨头呀！那时候我刚死里逃生，看着眼前的日子……啧啧……

"他们都是纯种的狼狗，长得很快。尤其是芙蓉，四肢修长，体态优美，眼睛像天上的星星一样亮，身上的味道比芙蓉花还香。芙蓉是天才的狗，她随时都会想出很多好听的话，唱成好听的歌，她的歌声是快乐时光的点缀，也是悲伤岁月的救赎……可是他们都很骄傲的，无论我多么殷勤讨好，他们也从来不拿正眼瞧我的。特别是那九歌，那时候我这一只眼睛还没有瞎，有时多看芙蓉两眼，那九歌就对我龇牙咧嘴，像要吃了我一样。哼！也不见得有多了不起，现在还不是和我一样是看门狗……

"前年夏末的一个午后，芙蓉和九歌相爱了。他们在这铁皮房前那棵最大的木芙蓉下合唱，从艳阳高照一直唱到满天星斗。那棵木芙蓉有一株率先开放的芙蓉花，一枝独秀地低垂在小篱笆边，九歌对着那株芙蓉花发誓，要永远守护芙蓉，生死不弃。他一遍又一遍不厌其烦地整夜歌唱着……"

"啊呜……芙蓉岭上有芙蓉，芙蓉树下日匆匆……"独眼狗望着逐渐昏暗的天边，哼起那年他听到的歌，哼着哼着沉默了，摇头叹息起来。

彩衣静静地听着，想着自己的爱人，泪眼模糊，不禁问："那后来呢？"

独眼狗翻了翻白眼："你问，我偏不说。笨狗你来问。"

元宝只好说："那芙蓉现在到底在哪里？"

"永远守护，生死不弃，嘿嘿，真是笑话！"独眼狗冷笑着又说，"一条狗也敢做这样的承诺。"

"几天后，来这里游玩的一个客人，看中了九歌，观察了他老半天，想要买下他。主人刚开始不同意，等那客人掏出很多张钱来，主人就高兴起来，用铁链套住九歌的脖子，交给了客人。那客人连哄带扯，拖着拼命挣扎的九歌走了。芙蓉一路追着，狂吠撕咬，不让他们走。主人很生气，就用铁链把芙蓉拖回来，拴在那棵芙蓉树下了，还用树枝打了她一顿。

"芙蓉哭叫了一天一夜，凄厉悲伤的哭喊声响彻了整片山岭，山鸟听不得这催人心肝的哭声，都飞走了，夜夜合唱的昆虫们也集体沉默了。那一天一夜我也没睡，就远远看着她不停地绕着树干撕咬着铁链哭喊……第三天天亮后，芙蓉停止了哭喊，不吃不喝，整天眼睛直勾勾盯着那一株他们为之歌唱的芙蓉花……

"这一切可丝毫不影响人们继续在这里烤肉喝酒、嬉戏快活。人们只是笑着骂芙蓉是疯狗，笑嘻嘻地用鸡骨头扔芙蓉的头。芙蓉始终一动不动。可是有一天傍晚，一个红头发的男人，喝多了酒，晃到那一株芙蓉花前，一把折断了花枝，把花递给了一个和他一起烧烤的矮胖的姑娘。那胖姑娘笑着用花摔打那个红头发，花瓣碎了一地。

"我一看，心想糟了。芙蓉果然颤巍巍地站起来，血红的眼睛瞪得老大，犬齿全部暴了出来，她嘴里'嗬嗬'吼着，拼命地挣着铁链，也不知怎么着，链子绑在树头的那一端被她狂拽了几下，松了。她拖着铁链冲向那个男人撕咬起来，那男人丢下胖姑娘惨叫着一溜烟逃下山去。芙蓉又冲向胖姑娘，胖姑娘一边搬起塑料椅子砸向芙蓉，一边尖叫着后退，一下把烤炉撞翻在地上，烧烤的炭火掉到篱笆边的草丛里，不一会儿草丛就烧了起来。芙蓉见人就追，几个客人被癫狂的狼狗吓坏了，都大喊大叫地跑走了。主人和他的儿子在厨房听到声响，赶紧跑出来，好不容易拉住了芙蓉。但这时火已经越烧越大了，山上的风很大，风助火势，不一会儿几棵木芙蓉枝叶都烧着了。主人和他的儿子用大扫把和树枝拼命扑打，然而，扫把都烧了起来。火圈已经漫开，不是一两个人能扑灭得了的。再一会儿，一棵棵芙蓉树都烧成火树。

"看着自己苦心经营的山庄在火海中化为焦炭，主人的儿子恨恨地'哼哼'几声，拉住芙蓉脖子上的铁链，操起一根棍子死命往芙蓉头上抽，一直抽，一直抽。芙蓉哀号抽搐，满嘴是血。主人的儿子还不解恨，他突然抓着铁链，拖着缩成一团的芙蓉，一下把芙蓉扔进了火海……"

"天哪……"彩衣听到这里，忍不住把头靠到元宝的肚子上，大哭了起来。元宝咬了咬牙，摇摇头。

夜幕完全笼罩了大地，独眼狗望着黑乎乎的山岭，也叹了口气，不再说话。

沉默了半晌，元宝对独眼狗说："谢谢你告诉我芙蓉的事，我现在就赶去草帽山，找老刀帮忙。到时候请你一定遵守诺言，带我去找小球……彩衣，我们走吧。"

彩衣无力地说："这么黑的夜空，我的视力无法飞行，而且风变重了，天空里有水气，到午夜说不定还会下雨，飞行更加危险。元宝，你也连续奔走，太累了，不如我们在山上休息一夜？"

"哦……"元宝想了想，"这样吧彩衣，请你帮我一个忙，你在这树上睡一觉，明天早上去大坪厝，找一片蘑菇棚，九歌就在那蘑菇棚门口。我答应过他，无论怎样，都要把芙蓉的消息带给他，请你帮我传达。我不用休息的，多待一刻，小球就多一分危险，我现在就得去草帽山。"

彩衣点了点头，在元宝的鼻子上碰了碰，就飞身钻进一棵芙蓉树上。

元宝又看了看独眼狗一眼，随即转身投入了茫茫夜色之中。

16

山中岁月长。又是一年夏尽秋来，这是今年的第一场秋雨，清晨时分淅淅沥沥，到了中午开始飘飘忽忽。在草帽山的顶峰向下俯瞰，天地之间到处都是茫茫一片雨雾。

惊雷喜欢雨天，雨天总是让他回想起往事，让他心宁神静，雨天也能让他轻松找到美味的蚯蚓和青蛙，追踪到蚂蚁的巢穴，也能更轻易地挖出树根和草茎，伴着雨水的树叶更鲜嫩甜美。

惊雷上草帽山两年了，已经完全适应了野外的生活。

山上虽然清苦，却也宁静安适。晴雨寒暑，日出日落，惊雷变得更加健壮，也更加淡定和沉稳。那只让他获得重生的右掌，已重新长出了浓密的黑毛，显得更大了。

惊雷正倚坐在一棵火焰树下，嘴里嚼着一枚掉落的火焰花，望着对面的一面崖壁发呆。

这时，一个黑色的身影出现在山顶，那是一条健硕的大黑狗，身后跟着五六条土狗，正向草帽山的顶峰走来。他们走到火焰树前停下了脚步，雨水顺着他们早已淋湿的皮毛，一条条滑落地上。每一条狗都狼狈不堪，却神情庄重。

"雷哥好自在呀！"大黑狗盯着惊雷开了口。

"那是自然。跟仰人鼻息、看人脸色的时候相比，所有独处的时光，都是神仙的日子，"惊雷淡淡地说，他斜着眼睛看着老刀，满脸狐疑。这偌大的草帽山，老刀在山南，野猪坦克现在在山北，他在这顶峰，从不去招惹别人，别人更不敢惹他，今天老刀怎么带着狗群上峰顶来？"老刀头领难得来我这山顶，今天带这么多朋友，是来为难我这个形单影只的熊吗？"

"雷哥误会了，"老刀说，"我和兄弟们一起来，是为了表示敬重和诚意，今天是有事来请雷哥帮忙的。"

"野狗王都做不到的事，我一只熊能帮你什么？"

"我儿子小刀被芙蓉岭的人抓了。我和铁头找上芙蓉岭，可被抓的狗都关在一个铁笼子里，铁笼门上有一副插销，用铁丝绑着，我打不开……论牙齿我没输过谁，可是狗的牙齿打不开铁门……"

"铁头兄弟怎么没来？"惊雷看了看老刀身后的狗。

老刀沉默了片刻，沉声道："铁头死了。"

"什么？"惊雷跳了起来，"怎么会死的？"

"在芙蓉岭遭遇到那两个人，铁头被猎枪打中了脖子……"老刀咬了咬牙，"铁头死前留话，要我来找你。雷哥，我不知道铁头为什么要我来找你，但肯定有他的理由。请雷哥帮忙救我儿子！"

惊雷缓缓坐了回去，火焰树上的雨水落在他的头上，又顺着他的脸上的毛，一滴滴滑落在他的肚子上，他眯着眼看着雨丝点了点头："我是死里逃生躲到这草帽山来的，刚上山那会儿，什么都不熟悉，经常饿肚子。有一天我四处找吃的，遇到了追踪野猪的铁头兄弟。他真是一条好狗呀，勇敢爽朗，心地也好。我们很快就成了朋友，他带我熟悉了这片山林，帮我找到一个舒适的山洞，有时候上来找我玩的时候，还会从山下的农田里给我带一根玉米棒，那玉米真好吃呀……"说到这，惊雷一阵哽咽。

老刀身后的狗都低下了头。

"我知道铁头兄弟为什么叫你来找我，"惊雷抬起他那扇子般宽的右掌，"因为我跟他玩的时候提过，我的右掌可以扯断铁锁插销，我也是因此才死里逃生的。"

老刀瞪大了眼睛，身后的狗全都盯着惊雷的右掌。

"妈妈死后，我一直都是孤零零的，生平只有铁头一个朋友，按理说，我应该去帮你的，"惊雷又说，"可是我上山那天，发誓不想再见到人。生活好难，活到今天真不容易呀，下山碰见人，也不知道回不回得来……"

"你只要帮我打开铁笼子，剩下的我来对付，"老刀说，"要是真碰见人，我也会拼了这条命挡住，一定让你回到这山上来！"

惊雷的目光穿过雨雾，望着对面的崖壁，沉默不语。

老刀急了："雷哥，只要你肯帮忙，以后整片山南，都听你的……或者你有什么要求，尽管提……"

"看到前面那个石壁了吗？"惊雷突然说。

大家都侧脸望向眼前的那面崖壁，只见那石壁顶端，一处凹陷的角落，挂着一团黑乎乎的东西，下面还嵌着一个黄褐色的半圆，就像吊着一片巨大的黄油饼干，在雨雾中隐现着。

"那是个野蜂巢，"老刀身后的一条土狗道，"好大一片巢蜜！"

惊雷点了点头："我刚来这山上时，那蜂巢就在那儿了，现在越来越大了……老刀头领，你帮我把那蜂蜜取下来，我就去帮你救儿子。"

几条跟随的土狗面面相觑。那面崖壁有几层楼房那么高，要靠近那蜂巢，只能从侧边凸出的石壁慢慢爬上去，站在一块突兀的岩石上才有机会。可看上去即便爬上那块岩石，也够不着蜂巢。唯一的办法就是站在那石头上凌空一头扑上去，抱住蜂巢一起摔下去，才有可能取到蜂蜜。那蜂巢下方空荡荡的，这一摔，只能直直摔向凹凸不平的石头地面上，不死也得摔断腿。

老刀心里诧异，听说熊爱蜂蜜，还真不假。可这黑熊也真邪门，爱吃蜂蜜也不至于这个时候提，但自己有求于人，又不便拒绝。他不动声色点了点头："一言为定！"他刚要转身前去，身后刚才说话的那土狗拦在跟前："头，我去吧。"

望着眼前满脸淌着雨水的兄弟，老刀不禁恻然。他明白自己这兄弟的意思，这上去风险不小，自己要是摔断了腿，救小刀更加渺茫。可是如果连他自己都没把握，眼前这兄弟只怕摔得更惨，自己又于心何忍？他一时踌躇起来。

"让我试试吧。"身后的一个怯怯的声音突然传来。大家转头一看，一条大黄狗从身后的草丛钻了出来。

老刀看那黄狗面生，心想，这草帽山上居然有陌生的狗敢闯入，不禁怒喝道："你是谁？来干吗的！"

那大黄狗满身泥水草屑，狼狈不堪，被老刀喝了一声，停下了脚步。他看眼前这么多眼睛盯着自己，不禁有点发怵，舔了舔脸上的雨水，呐呐道："您好……我是芭蕉村的元宝……我来找老刀头领……我刚从芙蓉岭过来……"

大家都愣住了。一条土狗绕着元宝的腿脚嗅了一圈，对老刀点了点头。老刀急上前一步道："我就是老刀！你怎么会去的？芙蓉岭那边怎样了？"

元宝道："我的朋友小球被抓去芙蓉岭了，我想去找她……"

"小球……"老刀想起那天铁笼子里护着小刀的那条柴犬，当时小刀也这样叫她，"她的尾巴是不是彩色的？"

"对对对！您看到她了？她在哪儿？"

"她在哪儿？你不是刚从芙蓉岭过来，怎么会不知道她在哪里？你没见到那间铁皮房？"

"不在那里，头领，"元宝更加确定了小球的消息，也更加着急起来，"我昨晚去的时候，那间屋子里没有一条狗。"

"什么？"老刀大惊。

"那里只有门口一条一只眼睛的狗，他告诉我所有的狗都被人用车运到山下去了。他知道被带去哪里了，可他不肯告诉我，他要我来找您，他说只要您想办法帮他扯断脖子上的铁链，他就带我们去找。"

听到这里，所有的狗都望向了惊雷。惊雷面无表情，转头又望向了那石壁上的野蜂巢。

"汪……"元宝突然大叫一声，冲了出去，直直向那石壁的侧边跑去，然后一拐身，沿着侧边凸出的石壁爬了上去。他自打听到小球的消息后，心急如焚，一路马不停蹄赶到这草帽山，好不容易找到了老刀他们。刚才在草丛后面听到了老刀和惊雷的对话，知道这其中的厉害，也看出了老刀的迟疑，心想若多拖一分钟，小球就多一分钟危险。元宝不敢多想就直接冲了上去。

老刀和身后的狗，都愣了一下，赶紧跑了过去。惊雷也跟了上去。

被雨淋湿的石壁，滑不溜秋，难以立足，元宝一步一步挪了上去，好几次都差一点失足掉下去。崖壁下的熊和狗，都仰着头，张大了嘴巴望着元宝。

老刀望着这条突然出现的黄狗，心里又惭愧又感佩，这个叫元宝的，看起来老实胆小，其实坚毅果敢，真是条好狗！

惊雷眯着眼睛盯着元宝的脚，目光闪烁，呼吸竟也急促起来。

不一会儿，元宝爬到了最靠近蜂巢的那块岩石上。蜂巢近在咫尺，聪明的野蜂把家安在头顶有石壁遮盖的凹陷处，虽是雨天，蜂巢却依然干燥。蜂巢下面吊着的一圈巢蜜，靠近看更像一环金黄的蛋糕，蜂巢上密密麻麻围着无数的野蜂，嗡嗡作响，看得元宝头皮发麻。元宝向下看了看老刀他们仰起的脸，这个高度让他的胃一阵收缩，腿脚开始哆嗦起来。"小球，我好怕……"元宝心里念叨着，雨水顺着他脸上的毛一滴滴滑落在脚下。可是不能耽搁了！元宝突然后退了一小步，然后向前凌空猛扑过去，一头撞在那块巢蜜上，同时两只前足紧紧抱住了巢蜜，那巢蜜应声裂开，加上被元宝抱住，瞬间断掉，连狗带巢蜜，一起直直摔落下去。

就在这时，惊雷突然一个箭步窜过去，仰面滑倒在地，张开四肢想要接住元宝，高处摔落的元宝结结实实地跌在惊雷毛茸茸的肚皮上。

"啊呀！""哎哟！"

元宝的惊吓声和惊雷的叫痛声同时响。

元宝仿佛掉在一个巨大的枕头上，毫发无伤地滚倒在一旁。惊雷左掌捂着被元宝踩到的肚子，痛得龇牙咧嘴，右掌一把抓起那块巢蜜，径直往山下跑去，边跑边大叫："快跑！快跑！"

一群狗还没来得及反应过来，就听见头顶嗡嗡嗡嗡响成一片，只见成千上万的野蜂，像一股黑烟似的乌泱泱扑下来。大家"哗啦"一声，急忙跟着惊雷跑下山，元宝惊魂未定，也跌跌撞撞跟在后面跑。

雨天翅膀湿重，野蜂不敢追击，飞出去一小会儿就纷纷返回蜂巢。

惊雷却脚步不停："野狗王，带我去见铁头！"

不一会儿，大家跑到半山腰的一大片尾叶桉林里，这里是野狗群的地盘。他们在桉树林的尽头停下了脚步。树林外沿下方是一条细长的山涧，涧水哗哗，流向山脚下的葫芦溪。

老刀走到一堆乱石前，两个大岩石互相挨着，拱成中间一个狭窄的小洞，洞口放着一堆潮湿的乱草。老刀拨开乱草，铁头静静地躺在里面。这条前天还是健硕敏捷的斗牛犬，现在就像一截干瘪僵硬的枯木，横在冰冷潮湿的洞里。

雨渐渐停了，桉树叶子上的积水依然"嗒嗒"地落在地上的落叶上。惊雷坐在洞口，呆呆看着铁头的尸体，手里握着那块巢蜜，嘴里喃喃道："铁头兄弟，前些日子我们在山顶玩的时候，你看我很馋这块蜂蜜，老想着帮我把它弄下来，我们设想了很多方法，都不可行。你说唯一的办法，就是你爬上去把蜂蜜撞下来，我在下面接着你……我总觉得太冒险，总是不答应……今天这蜂蜜取下来了，兄弟，我们一起吃……"惊雷掰了一小块巢蜜放在嘴里，剩下的伸手放在铁头的嘴边。惊雷慢慢嚼着蜂蜜，眼泪却扑簌簌往下掉。

老刀咬着牙别过脸去，身后的一条土狗哭出了声来。元宝也满脸悲戚，在一旁看着大家不知道该说什么。

惊雷转过身看着老刀："你们肯定以为我为了吃蜂蜜为难你们，我只是想看看你们为了救家人，有没准备好足够的勇气，只有自己勇往直前的人，别人去帮助才有意义。你们都肝胆相照，真是铁头的好兄弟。"他又转头看着元宝："这位小兄弟，单枪匹马，孤身救友，真了不起，蜂蜜的事我和铁头都感谢你。你和铁头一样好，我愿意下山帮你们。"

老刀走到元宝身边，绕着他嗅了一圈，看着他的眼睛说："嗯，好元宝，好兄弟。"

元宝自打离开了芭蕉村，一路上形单影只，担惊受怕，寻找小球全凭一股蛮劲，心里其实一点底都没有，有时真完全不知道该怎么办。如今突然多了这么多朋友相伴相助，心里的温暖和激动无以言表，他看着大家，胸口仿佛堵着一团火，他的眼泪憋在眼眶里打转，什么也说不出来，只是使劲地点着头道："我们……我们得马上去……"

惊雷点了点头，转头凝眼看了看铁头，把草堆回洞口，然后站起身道："走！"

17

雨雾茫茫，无边的丝雨飘荡在大坪厝的农田上，天地灰蒙蒙连成一片。

九歌蹲坐在蘑菇棚前，呆呆地望着细雨中的田埂和庄稼，初秋的寂寥和湿凉渗进他的皮毛，也渗进他的心里。

也不知坐了多久，雨渐渐停了，九歌站起身，想要进蘑菇棚门后干燥的地面躺一会儿。转身前，他习惯性地伸长脖子，朝芙蓉岭的方向使劲嗅了嗅，尽管他知道什么也嗅不到。

可这一回，他刚转过身，就全身打了一个激灵——他癫狂地扯，嘴里吐出的白沫混合着不断淌出的鲜血，整副牙齿都几乎爆了出来。他耳后毛皮裂开的口子越来越大，突然"刺啦"一声，他耳后的一片毛皮连同他的半只耳朵，一下被撕裂翻开，也就在这时，他的脑袋挣出了项圈！

蘑菇棚的主人退到一旁，背紧靠着蘑菇棚，瞠目结舌地望着九歌头上血淋淋的伤口和耷拉在脸上的那层血肉模糊的毛皮，吓得魂不附体。

九歌却再没看他一眼。九歌舔了舔嘴角的血，转身朝芙蓉岭的方面狂奔而去。

18

这是一处水泥铺地的梯形后院，四周用空心砖砌着一人高的围墙，围墙南侧开着一道门，焊着一对小铁门。打开铁门栅栏，就能望见一片连着一片的广阔的庄稼地，以及远处隆起的芙蓉岭。

围墙的北侧连着一栋三层半的楼房。穿过底楼一扇不锈钢大门，就是大马路边的一爿临街店面，挂着一副彩灯围边的招牌：十全大饭店。

关押着小球和小刀他们的铁笼子，这时候正搁在后院围墙的角落里。

在漫天潮湿的空气中，嗅到一丝梦中才有的气味。他以为自己出现了幻觉，正要转回身再嗅，就看到一只珠颈斑鸠从灰蒙蒙的空中飞来，在死气沉沉的天空中划出一道生动的弧线。转眼间，这只珠颈斑鸠就飞近了蘑菇棚，轻轻落在跟前的一堆稻草垛上。

彩衣抖了抖身上的水珠，收拢羽翅，然后歪着脑袋端详着九歌，她的尖喙衔着一片花瓣。

三色木芙蓉的花瓣！

这下九歌清清楚楚地闻到，也明明白白地看到了。这片薄薄的浅粉色花瓣，在他眼睛里瞬间炸开了一整片山岭迎风摇曳的芙蓉花海，让他魂牵梦萦的歌声也似乎一下子响彻这座鄙陋的村庄。他瞪着斑鸠，毛发尽竖，浑身颤抖。

彩衣又凝视了一会儿九歌，然后振翅飞到九歌头顶，松开尖喙。她飞回稻草垛上时，那片芙蓉花瓣也轻轻落在九歌的脚边。九歌低头深深地嗅了一会儿花瓣，抬起头时，已泪眼模糊。

彩衣确定了这就是自己寻找的狼狗，九歌也知道眼前的情景一定是那天拜托元宝的事有了消息。他不知道为什么是一只斑鸠过来，他煎熬地等待着。

彩衣看着眼前的九歌，这个看起来凶神恶煞的大狼狗，却有着一双无比深情和哀伤的眼睛。彩衣突然感觉到元宝交代的事并不轻松。这样的雨天，面对这样的眼睛，谁能忍心讲述那样惨烈悲伤的往事？彩衣又想到自己前几天还比翼双飞的爱人，还没开口，自己先已潸然泪下。

　　彩衣脚下的稻草垛上，一支横斜伸出的枯草叶子末端，挑着一颗未滴落的雨珠。这支枯草也在静静地倾听着彩衣含泪的讲述，一阵微风轻抚，枯叶颤巍巍地舒展起来，它是不是也想起了自己还是葱翠禾苗时的光阴？想起那年盛夏的黄昏，一只斑斓的彩蝶曾停留在自己的肩膀，那彩蝶的翅膀就像一幅勾魂夺魄的图腾，又仿佛一个无边无际的庄周的梦。啊！整片稻田，这只彩蝶只为它停留驻足！那

是一株禾苗一生最璀璨的时光。然后，这只彩蝶就迎着夕阳御风远去，从此再没有回来，就像从来没有来过。禾苗在等待里成熟，在思念里枯黄，在遗忘里死去。一株枯死

的稻草上还有爱的记忆吗？

稻草垛一阵晃动，稻草枯叶末端的雨珠无声地落下。

彩衣把事情讲完就匆匆离去了。她不忍再看九歌的眼睛，心里也放心不下元宝。

九歌静静地听彩衣说完，静静坐回蘑菇棚前潮湿的地面，低着头，眼睛直勾勾盯着那一片芙蓉花瓣。又不知坐了多久，他终于慢慢站起身来，低头伸舌把花瓣卷进嘴里吞了下去，然后突然猛地用力后退，使劲地拽起铁链。铁链一下子绷直，哗啦啦作响，他脖子上的皮套项圈死死箍住他的下巴，他整张脸的毛皮都扭曲起来。

他一下又一下地死命往后扯，蘑菇棚前的铁柱被拉得砰砰作响，整个棚都晃动起来。蘑菇棚的主人听到动静跑过来，满脸惊诧，怒骂道："死狗！疯狗！停下来，再拉抽死你！"

九歌充耳不闻，越拉越使劲，越拉越疯狂，嘴里吐着白沫，眼珠子似乎都要瞪出血来。蘑菇棚的主人大怒，咬着牙顺手抄起一根棍子，奔过去一下抽在九歌头上。九歌绷得紧紧的耳后头皮，顿时裂开一个大口子，九歌闷哼一声踉跄躲闪，头顶鲜血直流。他站稳了脚步又继续狂扯起来。那个人怒不可遏，又抢起棍子抽过去。九歌歪头张嘴一下咬住了棍子的另一头，把棍子夺了过来。那人猝不及防，吓得尖叫着连连后退，惊骇地瞪着九歌大叫："养了条疯狗呀！养了条疯狗呀！"

九歌张嘴丢掉棍子，继续往后拉扯，死命地拉，几近前天日落前，被老刀和铁头在岭上那么一闹，黑鬼回到镇里一直心神不宁，彻夜难眠，眼前老是晃着老刀那双恶灵般的眼睛。这几年，为了躲避各种检查，他把野生动物和偷来的狗都藏匿在芙蓉岭上，加上他那个嗜好野味的小舅子在镇里当领导，凡事都有照应，这生意一直都做得很稳妥。可万万没想到，杀了半辈子狗，居然有狗敢闯上芙蓉岭闹事。他想着昨天那条大黑狗舔着笼子里那只小崽的样子，心里越想越不踏实。第二天天一亮，黑鬼就叫上儿子，开着辆三轮摩托，上芙蓉岭把整笼狗都载回饭店。

小球头上的棍伤让她隔一会儿就锥心钻脑地疼痛，从芙蓉岭上被载下山的路上，一路激烈颠簸，更是疼得她晕沉了一天。这会儿小球刚恢复了一点精神，在笼子里警惕地张望："我们怎么到这里来了？这又是什么地方，看起来比山上那间铁皮房好一点。我们是不是没事了？"

"没事了？呵呵，"铁笼子里的那条老狗眯着眼睛冷笑道，"我活到这个年纪，哪有什么不知道？我一路上看得清楚，这里是芙蓉岭下的小镇，这里很明显是那两个人的家。到了这里，我们只怕死得更快了。"

小刀不知疲倦地在笼子里扑腾着，这下突然停下动作朝那扇虚掩的不锈钢门嗅了嗅："咦，什么东西好香呀！小球姐姐，我饿了。"

"卤狗肉当然香了，"老狗更加没好气地说，"等你这个小东西到了锅里，就更香了！"

"你不要这样吓唬小刀，听着好可怕。"小球忧心忡忡。

老狗闭上眼睛摇了摇头："我也希望这是吓唬，可是落在人的手里，哪里会有活路？我活到这个年纪，哪有什么不知道？前一天你也看到了，老刀那样的狗，碰见人也一样是落荒而逃，现在生死未卜，何况你我这样的，唉……"

小刀刚想嚷嚷，那扇不锈钢门突然"咣"的一声被推开，黑鬼嘴里斜叼着半截香烟，手里提着一大桶泔水走了进来，身后跟着一条通体暗红、膘肥体壮的猛犬。黑鬼把水桶放在墙角的一个洗手池边，把烟头吐在墙角的排水沟里，上前几步皱着眉头盯着铁笼子里的狗看。那条猛犬也凑了过来，蹲在黑鬼脚边。黑鬼摸了摸他的脑袋，显得十分亲昵。黑鬼看了几眼，就转身出去了。那狗也站了起来，却没有跟出去，只慢慢踱着脚步，扁着嘴，睥睨着笼子中的狗。

小球看着那狗，小心翼翼地说："这位……大哥，你好，你能帮忙把我们放出去吗？我头很疼，小刀肚子很饿……"

那狗斜着眼冷笑道："谁是你大哥！我叫大帅，是高贵的川东猎犬，是主人最宠爱的护院犬，是这家里的一分子。你们这些低等的菜狗，也配和我称兄道弟！"

笼子里的老狗伸出嘴赔着笑脸低声道："您行行好，我们毕竟是同类……"

"闭嘴！"大帅用下巴指着老狗怒斥，"同类也有高低之分，贵贱之别。我可是纯种的猎犬，高贵的大帅，你们只是一大锅用来卖钱的肉！闭上嘴等死吧，主人今晚就烹了你们！最烦你们这些低等的菜狗，真是聒噪！"

大帅刚训完话，就听到身后的小铁门"咔嗒"一声响，在两扇对关的小铁门中间，挤进了一个只有一颗眼珠子的狗脑袋。正是芙蓉岭上的独眼狗！

原来惊雷、老刀以及元宝他们一行，下了草帽山，顺着葫芦溪畔急匆匆赶到了芙蓉岭。老刀看到那铁皮房里的狗果然都不见了踪影，顿时狂躁起来，龇着牙对独眼狗吼道："我儿子呢？快说！要不然我撕碎了你！"

独眼狗缩着脖子对元宝说："笨……这位元宝兄弟，我们昨天可是说好了的……"

元宝道："嗯，他知道小球他们被带去哪里了。雷哥，辛苦你把他脖子上的铁链弄开，他自然会带我们去找，这铁链真硬……"

惊雷看了一眼拴着独眼狗的铁链，不禁哑然失笑，这铁链看上去就像两道拉面缠绕在一起，狗的牙齿自然难以咬开，可对惊雷来说，实在细得可怜，和当初关押黑熊的铁笼栏杆实在不可同日而语。惊雷上前一脚踩住铁链，然后把余下的铁链在自己右掌上缠了一圈，用力一扯，铁链应声脱扣，断裂开来。

所有的狗都目瞪口呆。惊雷道："老刀头领，关你儿子的那笼子，门上的铁栏粗细比这铁链怎样？"

老刀道："粗细差不多，笼子门上插销里绑的铁丝，比这要更细得多！"

惊雷展颜道："那好办！"

所有的狗都欢呼起来。

独眼狗难以置信地拖着还留在脖子上的一小节铁链，往前走了几步，然后在门口的场地上绕着圈子狂奔起来，又哭又笑地在地上打着滚。他实在想不到有生之年还可以脱离铁链这样奔跑！

看着独眼狗这样，大家不禁恻然。

元宝对惊雷说："雷哥，你真了不起……昨天我进到这铁皮房内，找不到狗，可是看到里面有好几个铁笼子，关着一些其他不知道什么动物，能不能请你顺手一起帮帮他们？"

惊雷一言不发，径直闯入铁皮房内，只听见里面咣咣当当一阵响，紧接着从屋里跑出了两只野兔、一只穿山甲、一群白眉鸫鹋，以及一头瘸腿的白面獐。等惊雷出来，身后又滑出一条三米多长的眼镜蛇。大家见了，不禁后退了几步。

那些死里逃生的动物都来不及道声谢，就慌慌张张四处逃散了。那条眼镜蛇往前爬了一会儿，突然又转身昂起头看着惊雷："嘶……你叫什么名字？"

惊雷淡淡地说："我叫惊雷，你呢？"

眼镜蛇昂着头看着天空，仿佛在思索着什么："嘶……

我……我不记得自己叫什么了……承蒙相救，我一定记得你的名字……"说完一下子滑进灌木丛里不见了。

元宝松了口气，连忙叫住还在奔跑的独眼狗："别跑了，我们得马上去，不能拖了！"

老刀也瞪着独眼狗道："你可别诓我，小心你的脖子和铁链一样！"

独眼狗快乐地喘息着："不敢的，不敢的。我和元宝兄弟说好了的，我们这就去，请各位跟我走。"

"先等一下，"惊雷沉吟道，"我们这一大帮往山下跑，太引人注意了。我块头这么大，万一遇见了人，只怕节外生枝，反而误了事。"

老刀点了点头："雷哥说得对……这样吧，我和这独眼先行一步，尽快找到地方。我跟着他，谅他也不敢耍花样……其余兄弟两两一组，各组间隔百步，雷哥和元宝兄弟殿后。大家前后呼应着，万一碰见人，马上报知雷哥。走！"

说完，老刀和独眼狗就率先窜了出去，其余的狗两两一组，紧随其后，惊雷和元宝殿后，大家串成一条互相间隔一两百步的长长的队伍，奔下山去。

一路顺利。等惊雷和元宝跑到集合点时，老刀他们已经藏身在一片茂密的玉米地里等候着。玉米地外是一大片菜地，种着各种各样的蔬菜，菜地外围有一条细长的小路，弯弯曲曲伸向远处。小路的另一侧坐落着一排排楼房，有些独立成栋，有些连成一片，高低错落。小路和菜地，都处在那些楼房的屋后。楼房的屋前，则是通向小镇中心的临街马路。傍晚阴郁的天空下，有些楼房已经零星亮起了灯。

惊雷喘着气问："怎样？"

老刀道："这独眼真找到了……看到这玉米地外面菜田尽头的那栋独立的楼房了吗？楼顶立着储水塔的那栋，就在那儿。刚才我让一个兄弟装成流浪狗靠近那房子后院的围墙，里面真有小刀的气味。"老刀说着看了看元宝："小刀在里面，小球肯定也在里面，不会错了！"

元宝喉咙一阵堵塞，前足扒拉着玉米地急躁道："那还等什么？赶紧行动呀！"

老刀摇摇头道："这里不比芙蓉岭。这里是人的窝，我们这样大张旗鼓地过去，只怕会引来更多的人，到时候谁也救不了。我们再等一会儿，等天暗。"

惊雷拍了拍元宝的后背："没错，元宝兄弟，等待和忍耐是行动最重要的一部分。"

独眼狗领着老刀先行，被老刀盯着，一路上如芒在背，这下看到元宝到了，赶紧凑到元宝面前嗫嚅道："这个……元宝兄弟，我按照我们之前约定的，带你们找来了，你看，我是很守信用的。这个……接下来的事，一来我也不敢跟过去，二来我一个残废的，也帮不上什么忙，要不……我就先走了？"他一颗眼珠子虽然看着元宝说话，眼角的余光却不停瞟着老刀和惊雷，目光闪烁。

元宝见老刀和惊雷没说什么，就往旁边让了让，对独眼狗说："嗯，那你先走吧，多谢你了。"

独眼狗按捺着心里的欢喜，勾着头小心翼翼地从玉米地侧边穿出去，一出了玉米丛，他就开始飞奔起来。他跑跑停停，时而在菜地里打滚，时而把脸埋在水坑里喝水，时而追着田鼠和青蛙，不一会儿就觉得疲惫不堪。他放慢脚步，慢慢往前走，经过一汪田间的小水塘时，瞥到水面上自己孑然的身影：枯瘦的四肢，瞎了的那一只眼睛，像一块发霉的腊肉，全身毛发打结，脏乱不堪。独眼狗颓然坐在水塘边，不愿再看水里的自己，抬头眯着仅有的一只眼睛望着阴沉沉的天边发呆。他突然觉得一切都毫无意义，他在芙蓉岭上无数次地幻想着自己重获自由后，将会多么快活，多么欢喜，然而今日终于如愿以偿，短暂的自在和欢喜过后，一切依然多么百无聊赖。

独眼狗漫无目的地往前走着，他走出庄稼地，来到大马路边，眼前是一个三岔路口，左边一条较宽的水泥路通向小镇，右侧两条小的石子路，分别连着另外两个村庄。路口一阵微风吹在独眼狗的脸上，他突然一下子恍惚起来——他一时之间不知道该往哪里走。

他该去哪里呢？一条形单影只、残疾肮脏的狗能去哪里呢？从此流浪乡野风餐露宿吗？从此无依无靠任人驱打吗？他突然想起好久不曾想起的、那位身上总带着山茶油味道的老太太，那双肥胖温柔的手如今在哪儿呢？还会愿意抚摸这样肮脏丑陋的自己吗？独眼狗鼻子一阵酸楚。他无力地低下了头，看到脖子下还吊着的那一小截铁链，突然又好想芙蓉岭，那里无论多糟，总算是个遮风挡雨的所在，还有个时不时给自己饭吃的主人，无论好坏，一条狗总应该有自己的主人。自由？他悲苦地想，自由原来也可能是一种更深的禁锢。

想到主人，独眼狗心里一阵惊慌。主人和他的儿子有刀又有枪，老刀他们未必能成事，只怕也是送死，那头不知哪来的黑熊虽然可怕，可听他话里话外似乎也很怕遇见人。这世上哪有狗能斗得过人的？倘若日后主人知道了是自己带老刀他们找上门的，主人捕狗的手段又那么可怕，那到时候自己岂不是……想到这，独眼狗不禁打了个寒战。他断开铁链后的感激和欢喜，很快就化成满腔的怨恨：要不是老刀他们无端闯入，自己此刻正在芙蓉岭上安安稳稳打盹呢，何至于像现在这样无家可归？

独眼狗看看天色，已近黄昏，阴天的天气，天黑得更快。老刀他们只怕要动手了，独眼狗又想：如果此刻我回去报信，让主人有所防备，主人肯定就不会怪罪我了。我立了功，说不定主人把我留在镇上，那岂不是因祸得福……独眼狗左思右想，反复揣摩，越想越对，越想越妥。他突然嗷的一声，沿着左边的水泥路向镇里跑去。

不一会儿，独眼狗跑到"十全大饭店"门口，他在门口看了看，然后贴着墙根绕到饭店的后院，从虚掩的小铁门中间挤了进去，刚好看到了正在训话的大帅。

大帅听到动静，转身看到独眼狗，满脸错愕，歪着头瞅了又瞅，才反应过来，于是也用下巴指着独眼狗怒斥道："你不是那山上的看门狗吗？怎么到这儿来了？这是你这种低等的土狗能来的地方吗？嗯？"

黑鬼带大帅去过芙蓉岭几次，独眼狗心里很清楚大帅的地位。他刚才在门口看不到大帅，特地绕到后院来寻。他不敢直接去找主人，怕说不清楚，后果难料，就想着先来找大帅，大帅一定能把意思传达给主人。独眼狗这下听到大帅喝骂，赶紧缩着脖子，摇着尾巴凑上前去："大帅您好呀，请您老人家息怒，您说得对，我本不该来这儿，只是有重大的情报向您报告，不得已才冒险下山来的。"

大帅下巴抬得更高："说吧！"

独眼狗靠近狗笼子，用嘴指了指笼子里的小刀："您知道这个小东西是谁吗？他是草帽山老刀的儿子！"

大帅皱了皱眉："老刀……草帽山上那条野狗吗？怎么回事？"

独眼狗道："主人把老刀的儿子捉上芙蓉岭了。那老刀狗胆包天，居然跑上山找儿子，闹出不小的动静。主人估计也是心里不踏实，才把这些菜狗带回这店里来。"

大帅斜眼瞥了一下小刀："老刀……我听说过……一条野狗算什么，别人怕他，我可不怕！"

独眼狗连连点头道："是是是，您老身份尊贵，英勇神武，老刀哪能跟您比！只是他有一伙儿帮手，都是狠角色，还有一个芭蕉村的元宝，看起来老实，其实也挺麻烦，还有……"

"好了好了！"大帅不耐烦地打断，"一群乌合之众而已。最烦你们这些低等的土狗，一点小事大惊小怪，真是聒噪！这就是你说的重大情报？嗯？"

小球在一旁听到了"芭蕉村的元宝"，大吃一惊。出事这几天，她一直淹没在从未有过的伤痛和恐惧中，看到小刀爸爸上山找儿子，她也好渴望自己唯一的亲人和朋友元宝也能来救自己，可是又看到老刀那么厉害的狗也无功而返落荒而逃，她心里又祈祷着元宝千万不要找来，只希望元宝在芭蕉村平安无事。这时听到元宝居然和老刀他们一起，顿时悲喜交加。"阿宝……"她心里叫着，晃了晃脑袋，想在笼子里站起来，后脑勺又一阵剧烈的疼痛，她一阵眩晕，泪水一下模糊了双眼。

独眼狗看着大帅满脸蔑视、对自己呼呼喝喝的样子，心里掠过一丝不快，脸上却不敢发作，急忙解释道："不是不是，是这样的，不知道为什么，老刀他们居然探听到主人这店里的位置，他们计划好天黑后就进来抢这笼子里的菜狗。这会儿，他们正躲在外面菜地前的那一大片玉米丛里。我打听到这个消息，担心这些野狗给主人和大帅您找麻烦，所以拼了半条命挣脱了链子赶过来报信，我……"

"闭嘴了！"大帅不想再听了，他急走几步，脑袋挤开院子后的小铁门，舌头舔了舔鼻尖，伸长脖子朝玉米地的方向使劲嗅了嗅，突然脸色大变，转身跑出另一侧的大铁门，不一会儿，又返回后院，身后跟着满脸诧异的黑鬼。

独眼狗看见黑鬼，赶紧迎上去低着头拼命地摇尾。黑鬼看到独眼狗出现在后院，更加吃惊。大帅用嘴咬着黑鬼的裤管，嘤嘤叫着，然后扑到铁笼子上，用一只前足戳了戳小刀紧靠笼栏的脑袋，接着又跑到小铁门冲着玉米地"汪汪汪"大叫，如此反复做了几次，黑鬼的眼睛渐渐睁大了起来——他明白了大帅的警示！

黑鬼紧走几步站在小铁门朝后面的菜地里张望，又摸了摸大帅的头，示意他安静。独眼狗赶紧也凑上前去，希望主人嘉奖自己的功劳。黑鬼抬脚一下踹在独眼狗的肚子上，厌恶地朝独眼狗瞪了一眼。

独眼狗闷声跌倒一旁，他看了看主人抚摸大帅的手，又看了看主人踹自己的脚，嫉恨像一团火焰灼烧着他的心口。他好几次想告诉大帅，还有一头黑熊跟着老刀，却都被大帅打断话头，刚才正想再开口，这一脚把他的情报踢回了肚子。他咬着牙，夹着尾巴缩到墙角，一只眼珠里目光闪烁。

黑鬼皱着眉头想了想，就匆匆走回店里去，很快拎着一把镀锌管焊接成长柄的斧子，返回后院，身后紧跟着他儿子鬼仔和一个身穿白褂子厨师服的胖子。鬼仔左手绕着一条黑色的套狗索，右手握着一把长尖的剔骨刀。胖厨师提着一把明晃晃的菜刀。

黑鬼指着左边的围墙对鬼仔说："仔呀，你躲到那围墙后边。"又指着小铁门边的围墙对胖厨师说："胖子，你藏到那小铁门后边的围墙外，等一下有狗进来，你要马上跳进来把好小铁门，我和大帅在这大铁门后面等着，今晚一条狗也别想走！"

铁笼子里的老狗看眼前这情形，低声叫苦："完了完了！听他们的话头，老刀他们又找过来了。他们这么多人设下埋伏，这回老刀只怕更加够呛……我们更没希望了，唉……"

小球哀声道："那……阿宝和小刀爸爸他们在一起，这样进来，阿宝会很危险……那怎么办……"

小球想了想，突然昂起头大叫："汪汪汪……阿宝别进来！汪汪汪！阿宝别进来呀！"

小刀听小球大叫，也跟着大叫："爸爸！爸爸！"

突然响起的尖叫，吓了院子里的人一跳。大帅扑到笼子前龇牙大吼："再叫咬死你！"

鬼仔刚要翻围墙出去藏身，被突如其来的尖叫声吵得心烦气躁。"哼……"他一脚高一脚低地快步上前，手里的剔骨刀往笼子里的小刀嘴巴刺去。

小球看那刀尖恶狠狠伸进笼子，下意识地把小刀护在身下，自己后背刚好迎上了刀尖，那剔骨刀一下扎进了小球的后背。

小球闷声惨叫，痛得全身抽搐，再也叫不出声来。

"好了好了！"黑鬼叫住儿子，"那只小的不能动，你先去藏好！"

玉米地里的元宝听到声音，耳朵都竖了起来："我好像听到小球的叫声，怎么突然叫起来？会不会出事了？老刀头领，怎么办？"

老刀的呼吸也急促起来："我也听到我儿子的声音了……雷哥，天眼看就暗了，我和元宝先进去探路，你和其他兄弟藏在前面靠近围墙的那片油菜地里，我进去确认位置后，等我大声叫你时，你再和其他兄弟冲进去开笼子。撕咬拼命的事让我来，你一定要等到能开铁笼时再现身，这次再出差错，以后怕再没机会了。你看呢？"

惊雷看了看天色，点了点头。

老刀又对其他几个兄弟道："确定目标后，你们要一起冲进去，无论如何要护住雷哥，让雷哥专心开笼子。走！"

大家一起冲出玉米丛。跑到油菜地时，惊雷和几条狗趴进了田垄沟里，老刀和元宝直奔围墙，老刀一马当先，一头撞进了小铁门里。

老刀一进院子，一眼就看到缩在墙角的独眼狗，心里咯噔一下，刚感觉不对，背后的小铁门"啪嗒"一声被关上，那个胖厨师跳进来守着小铁门，用菜刀乒乒乓乓拍打着门扇大叫："来啦！来啦！来啦！"

鬼仔闻声攀爬围墙翻进来，黑鬼和大帅也从大铁门后面跳出来，黑鬼按了一下墙上的开关，二楼一盏大灯明晃晃照亮了整个后院。三个人和一条狗，团团围住了老刀和元宝。

　　老刀暗暗叫苦，想把惊雷和自己兄弟全叫进来助阵，又怕惊雷轻易现身，万一失手，就再没机会救出自己儿子了。元宝从未见过这样的阵势，全身毛发都竖了起来，看到鬼仔手里晃着那圈黑色的套狗索，他脑子嗡的一声，极度的恐惧和愤怒，让他也像老刀一样，嘴唇上翻，龇龇地亮出整副牙齿。他努力戒备着，又忍不住往角落里的那个狗笼子里张望，他终于看到了那条彩色的尾巴，眼泪夺眶而出。

　　大帅猛地看到老刀，心里一惊。他一向养尊处优，往常偶尔随主人上山打猎，或者陪主人出门遛弯，见到的都是小动物，任由他逞威风。这下看到壮硕狂野的老刀，心里不禁有点发怵。可是一想主人在旁边，不敢露怯，也瞪目龇牙，跃跃欲试。一时间，整个后院的空气都似乎凝固住了。

　　"阿宝，别进来……"笼子里的小球悠悠醒来，下意识地继续喃喃叫着，"阿宝快走……"

　　元宝再也控制不住自己，疾步奔向铁笼子，边围着铁笼子转边急切喊叫："小球，我来了！小球，你怎么样？"

　　元宝这一跑，引爆了后院煤气罐一样的气氛。鬼仔手里的套狗索"呼"地甩出，一下套中元宝的脖子。元宝惊恐后退，鬼仔手臂一收，套索就紧紧勒住元宝的喉咙，元宝翻身滚在地上，拼命嘶吼挣扎，前爪抓住套索，想自己解开，却越挣越紧。

老刀见状，龇牙直冲向鬼仔。黑鬼立即拍了一下大帅的屁股，大帅大吼一声从侧边冲出拦下老刀，两条大狗撕咬起来，快速分合两个照面后，大帅的嘴角淌出了血。黑鬼看大帅吃亏，提着长柄斧给大帅掠阵，绕到老刀背后不停偷袭，他瞅准了时机，一斧头斜斜削到老刀的后背。老刀闷哼一声，转身扑向黑鬼，大帅却马上又咬到老刀的尾巴。老刀腹背受敌，手脚狼狈，顾不上元宝了。鬼仔手里的套狗索越收越紧，元宝被勒得舌头越伸越长，嘴角在水泥地面上扑腾磋磨得鲜血直流，眼看渐渐呼吸不过来了。

"汪汪汪汪！汪汪汪汪……"

"汪汪汪汪！汪汪汪汪……"

就在这时，后院围墙的墙头上突然跃上了一条四肢修长、身形魁梧的大狼狗，冲着院子里疯狂叫吠。悲愤雄浑的嘶吼像一股飓风席卷了整个后院，掩住了院子里厮杀的声音，震得整片田野都嗡嗡作响。

院子里僵持的双方都不由得停下动作，望向墙头。那大狼狗全身毛发竖起，一只右耳连带头皮已撕裂开来，血淋淋地挂在右脸上，獠牙外翻，通红的双眼似乎都要滴出血来，在夜幕下活像一条地狱中刚爬上来的恶犬！老刀和大帅一时不知是敌是友，都下意识后退了几步。鬼仔也吓得手里的绳索松了松。元宝猛吸了口气，转头看到墙头上的狼狗，顿时瞪大了眼睛，嘶声叫道："九歌……九歌……"

九歌自蘑菇棚脱身后，一路狂奔，冲回芙蓉岭。他上山时，元宝他们已经下山了。九歌但见岭上满目焦土，一片死寂。他疯狂地找寻着妻子的踪迹，一寸土地一寸土地地嗅着，他努力回想着自己被卖掉前芙蓉山庄的模样，仔细辨认着每一块石头、每一根小草，可是找不到丝毫和妻子有关的痕迹。元宝托那只斑鸠带来的噩耗是真的，他的妻子已经在火海里灰飞烟灭，就像被蒸发的一滴露珠，犹如被吹散的一缕尘烟，似乎从未来过这个世界。

九歌趴在一片焦土上，他真渴望能恰好趴在亡妻死去的泥地上。裂翻的头皮里渗出的血，顺着他的右眼往下淌，他颤抖着眼皮眯着眼看着眼前的山岭，死去的芙蓉树犹有树头，幸存的那棵芙蓉花开正浓，可是他的芙蓉呢？

这一瞬间，九歌似乎在眼前大片的焦土上看到了腾起的火焰，就像让他妻子葬身其中的火海一样猛烈，这火焰漫进他血红的眼睛，也漫进他枯槁的心里，他仿佛听见自己的心脏在火焰里爆裂。

"血债要血偿呀……"他喃喃道，"芙蓉，血债要血偿！"

一丝似曾相识的气味若有若无地钻进九歌的鼻孔，他定了定神，起身四处低头细细辨认，突然他抬起头："元宝……"

　　九歌开始循着元宝的气味，一路追向山下的小镇。他穿过茂密的玉米地，踏过夜幕刚刚降临的油菜田，从惊雷他们藏身的位置旁边掠过，径直奔到这后院的围墙外，听到院子里打斗的声响，立即跃上了墙头，一眼看到了黑鬼和鬼仔。见到仇人，九歌顿时撕心裂肺地狂吠起来。

　　这时，听到元宝的呼救，看着元宝在套狗索下挣扎，九歌突然安静了下来，他死死盯着鬼仔，前尘往事、悲苦离恨一下子全涌上了牙根。他呼地跳了下去，闷头扑向鬼

仔，一口咬住了鬼仔的右腿膝盖。

鬼仔一下跌坐在地，惊恐地大叫起来，左手扔掉绳索，揪住九歌的头皮，想要推开，却哪里能推得动半分？他大叫一声，右手的剔骨刀一下扎进九歌的后脖子，九歌身体一阵痉挛，剧痛激发出全身的力量，上下颚猛力一合，只听"咔"的一声，鬼仔右腿的膝盖骨整块被咬了下来。鬼仔痛苦地大叫着，本能地持刀疯狂还击，一人一狗激烈地扭成一团。

这惨烈的厮杀只在片刻之间，院子里的人和狗都没来得及反应过来。黑鬼大呼一声："仔呀！"疾步扑过去，拽着九歌的尾巴一把拖开，九歌身体已软塌塌地瘫成一团，渐渐没有了呼吸，嘴里却还紧紧咬着鬼仔的膝盖骨。鬼仔捧着右腿痛苦地缩成一团。那胖厨师见状也赶紧上前查看。

老刀看那胖厨师离开了小铁门的位置，反应了过来，对元宝叫道："快走快走！先出去！"边叫边往外冲，一头撞出小铁门。

元宝看了一眼笼子里的小球，拖着脖子上的绳索也跟着跑出去。

黑鬼见那两次上门来袭的大黑狗要逃，且正杀红了眼，哪里肯罢休！对大帅大吼道："追呀！追呀！"

大帅甩着舌头先追了出去，黑鬼和胖厨师也跟出了小铁门。老刀和元宝跑出院子，直奔向油菜花田，一头扎进油菜花丛中。大帅追出院子外，看到了老刀和元宝仓皇窜进油菜地，又听到背后主人跟上来的脚步声，一下陷入老刀被自己追得落荒而逃的错觉中，顿时豪气冲天，他紧追上去，吠叫着高高跃起，扑进油菜地。

就在大帅身体跃起未落之时、狗嘴大张将合之际，油菜地的田垄沟里突然站起一团庞大的黑影，那黑影挥着一扇毛茸茸的巨掌，一掌拍在大帅的下颚上。"啪"一声脆响，大帅的下颌骨被一掌击碎，完全脱出了颅骨，碎骨嵌入了气管，他像一具玩偶般摔落在田地上，还没来得及发出惨叫，四肢扑蹬两下就晕死了过去。

惊雷趴在田沟里，听到院子里打斗的声响，心里惴惴不安，可是按照刚才的约定，还没听到老刀唤他的信号，不敢轻举妄动。这几年的野外生活，让他学会了搏斗，更擅长思考和忍耐。正在踌躇间，惊雷又看到一条陌生的大狼狗从侧边菜地蹿过去，直扑向院子。那狼狗跨过小路，一下跳上了围墙大叫起来，接着又跳进了院子里。院子里顿时喝骂声惨叫声响成一片。惊雷不明底细，心里更加不安，煎熬了一会儿，就看到老刀和元宝慌慌张张跑了出来。元宝脖子上拖着一条绳索，一钻进油菜地，就大叫着："雷哥救我！雷哥救我！"惊雷刚想问话，就看到一条猎犬凶神恶煞地追在后面，向油菜地扑过来。惊雷登时明白，他瞅准了时机，起身奋力一掌迎面击倒了大帅，正要再补上一掌，又看到院子里跑出两个人来，其中一人身着白大褂，在将暗未暗的夜色下，白晃晃的特别显眼。惊雷大吃一惊，以为看到了熊场的工人，数年来心里挥之不去的阴霾使他本能地掉头就跑。元宝他们见状也跟着疯跑起来，菜地里哗啦啦一阵响，大家纷纷钻进了前面的玉米地里。

黑鬼和胖厨师愣在当场，他们都看到一团庞大的黑影击倒了大帅，随后隐入朦胧的夜色中，菜地里哗啦啦的奔跑声中，还不知道隐藏着怎样的危险。他们站着一动不敢动，过了好一会儿，确认都没有任何动静了，两个人才慢慢挨近大帅摔落的油菜地。胖厨师掏出裤兜里的打火机点燃照看，黑鬼蹲下来捏了捏大帅完全碎裂歪到一侧的下颚，咬牙道："不能活了，能活也不中用了！"

胖厨师不安地问："刚才那是什么玩意儿？这么厉害！是大老虎吗？"

黑鬼站起身，望着黑乎乎的田野，满脸阴郁，一言不发。

独眼狗从黑鬼追出院子开始，就亦步亦趋跟在后头，他不敢靠得太近，可为了表示追随和忠诚，又不能不跟着。他只有一只眼睛，在夜色下却看得比人清楚得多。他看到了惊雷一掌拍倒了大帅，暗暗咋舌，惊雷扯断铁链时他就亲眼见识到那只熊掌的可怕；他又看到主人蹲身查看后大帅依然一动不动，知道大帅伤得够呛，想到大帅对待自己的那副嘴脸，独眼狗心里又一阵快慰。没有了大帅，该轮到自己受宠了，他感觉自己的机会来了，赶紧小跑过去，绕着主人的裤脚使劲摇着尾巴。

黑鬼低头看着独眼狗，想着今晚的事。围堵两条野狗而已，在平时是多么轻而易举的事，却伤了儿子，折了爱犬，一切发生得莫名其妙。这条瞎狗本应在芙蓉岭上看门，怎么突然到了店里？那只打伤大帅的是什么猛兽？这条瞎狗到底做了什么？看着脚下这条肮脏丑陋的独眼狗，黑鬼越想越惊疑，越想越恼怒，一肚子的憋气随即爆发，突然抡起长柄斧一下劈在独眼狗的脑袋上。独眼狗来不及思量，也来不及悲哀，只是凄厉地哀号着，在田沟里扑腾了一会儿，就再不动弹了。

"招瘟的死狗！"黑鬼啐了一口恨恨道，边骂边和胖厨师一人一条拖着大帅和独眼狗，回到了院子里。黑鬼杀了半辈子狗，可看着院子地面上横七竖八躺着的三条狗，也不禁头皮发麻。他又看了看捧着腿呻吟的儿子，对胖厨师说："帮我一起搀小仔去门口的车上，我带去医院看看。你一会儿把三条狗收拾一下，放进冰柜里，今晚先关门不做了……还有那笼子里的狗，都拖进屋里，笼子别放在外面。"

胖厨师应了一声，和黑鬼一人一边搀扶着鬼仔出去了。

院子里安静了下来。仿佛从一场噩梦中醒来后，看到真在噩梦中，笼子里的老狗一生四处流浪，见多识广，却也从未见过这样惨烈的情景，他缩在笼子角落里抖如筛糠。小球却没有心力害怕了，脑后的棒疮和背后的刀伤正在一点点吞噬着她的意识。她看到元宝不顾一切冲到铁笼前时，早已泪流满面；看到元宝在那勾魂索命的套狗绳下挣扎时，心如刀割却无能为力；看到元宝冲出院子前那匆匆一瞥时，又悲喜交加；看到那两个人追出去后不久，却拖着大帅和独眼狗返回时，她吊着的一口气终于松懈，又晕厥了过去。

被小球护在身下的小刀，这时使劲探出头来，看到小球一动不动，又怕又急，哭喊着："姐姐，你怎么了？姐姐你醒醒！"

"小祖宗呀！别叫唤了！"老狗哭丧着脸压低声音，

"多嘴惹祸，多嘴惹祸呀！我活到这个年纪，哪有什么不知道？再说话又要挨刀子啦！"

"啊……啊……"大帅在这动静中突然醒来，张大着无法合上的嘴，挺着气若游丝的喉咙，啊啊叫着，血从大幅裂开着的嘴里汩汩涌出。他侧躺着，恍恍惚惚看到九歌的尸体，又看到了跟前独眼狗的尸体，意识渐渐清楚起来。他翻着眼皮努力循声往铁笼子望去，他从笼子里那老狗奇怪的眼神中，看出了自己即将面临的处境。他突然明白，原来，无论血统多么纯正，身份多么尊贵，到头来依然也不过是一锅狗肉，和低等的菜狗并没有什么两样。他看到了从屋里返回后院的胖厨师，以及那人手里明晃晃的菜刀，他的小便瞬间失禁，眼前一片漆黑。

19

黑鬼坐在狗笼子跟前的凳子上，不停地抽着烟，阴冷的目光透过缭绕的烟雾瞪着笼子里的小刀，他的脸色和院子外清晨的天色一样暗沉。

黑鬼昨晚一夜没有合眼，送儿子去医院急诊后，医生要求鬼仔住院治疗，接受手术，并且告诉黑鬼他儿子的右腿以后只怕很难正常行走了。鬼仔的左腿原本就有点缺陷，走路高一脚低一脚，这下又伤了右腿，以后和残疾无异，再也套不了狗了。

黑鬼在医院忙了一夜，天亮时分才回来给他儿子收拾住院换洗的衣物。他进里屋看到了笼子里的小刀，想着最近发生的奇怪的事，都源于那日在草帽山脚下顺手捡到的这只小野狗。

"招瘟的狗崽子……"黑鬼恨恨地想。他做了半辈子屠夫，宰了无数条狗，如今居然有野狗三番两次闯门入户来寻他的晦气，他哪里咽得下这口气？想着正躺在医院的儿子，他真想把这只狗崽子拉出来一刀砍成两段。

可现在还不是时候，他知道那条恶灵一样的黑野狗还会再来。想着那恶狗血红的眼睛，黑鬼眉头皱得更深了：先前在芙蓉岭上，那恶狗带的是条斗牛犬，应该被自己的猎枪打中了，昨晚又跟来了一条大黄狗，还有那条咬伤鬼仔的大狼狗，还有那只打死大帅的不知是什么鬼的野兽……那条黑野狗不除，只怕以后会阴魂不散没完没了！

想到这，黑鬼把烟头丢在地上，用鞋底碾扁，然后起身把狗笼子拖到店门口马路边的三轮摩托车上，随即跨上车向芙蓉岭驶去。他等不及了，他急切地想要老刀尽快找过来，他要把老刀踩在脚底下，就像踩扁烟头一样，他要在老刀面前把小狗崽砍成肉泥，他要让方圆百里的狗都知道，他才是真正的主宰！黑鬼咬牙切齿地使劲转着车把油门，摩托车癫狂似的冲向芙蓉岭。

在"十全大饭店"后院外那片玉米地与芙蓉岭之间，有一条长满马唐草、长芒野稗、野青茅以及各种荆棘的废弃水渠，老刀、惊雷和元宝他们就躲在这条水渠里。昨晚大家跟着惊雷一阵疯跑，本能地都钻进了这里茂密的草丛中。一阵急喘过后，大家低头沉默了良久。

老刀问惊雷："你看到什么了？"

惊雷摇了摇头："身穿白衣服的人，很危险。"

老刀想了想，又问元宝："那位墙头跳进去的兄弟，是你朋友？"

惊雷解开元宝脖子上的套索，元宝把九歌和芙蓉的事说了说，草丛里又沉默了良久，秋虫唧唧，夜幕寂寥。

元宝哽咽道："刚才没有九歌，我们只怕脱不了身。我们这样跑出来，九歌独自在里面……老刀头领，我们得再过去看看……"

老刀舔着自己身上的伤口摇摇头："那位兄弟出不来了……"

惊雷道："你们进去看到铁笼子了吗？"

元宝使劲点点头，泪眼汪汪："看到了，就在院子角落里，小球好像受伤了……老刀头领，我想再过去看看……"

老刀沉吟道："太危险了，再等等，等半夜我们一起过去……那独眼狗怎么在院子里？先前真不该让他走，这瞎狗坏了我们的事。再让我看到他，非撕碎他不可！"

好不容易挨到半夜，老刀和元宝趁着夜色深浓，悄悄潜回那座后院，院子里已然空无一物，只弥漫着一股浓烈的血腥味。通向里屋的大铁门紧闭着，老刀料想笼子被移进了屋内，一时无计可施，他们只好又回到水渠的草丛里。

大家一夜相对无言。天亮后，每隔一会儿，老刀就让手下的兄弟轮流靠近那后院查看，可那扇大铁门一直关闭着，始终都没有发现什么动静。大家想回草帽山也不是，上芙蓉岭也不是，再闯那后院也不是，趴在草丛里，不知如何是好，彷徨无措，焦苦难耐。

"头，我们干脆直接绕到那房子正门，从正门直接冲进去！"一条瘦高的野狗不耐烦地站起来说，"这样等也不是办法，我们一起冲进去，这么多兄弟拼死缠住里面的人，雷哥就可以动手开铁笼，干得过！"

"对！对！"另外几条狗也起身附和着。

"都趴下藏好！"老刀沉声道，"那是人的窝，你们能确定屋里有多少人？要是周边房屋里的人听到动静也围堵过去怎么办？或是我们进屋后大门被关闭怎么办？凡事先用头想想。再等等，等天暗……"

草丛里正在躁动，一只珠颈斑鸠突然从阴沉的半空划过，停在水渠上方一棵枯死的枇杷树枝上，高声叫着："咕咕……元宝！咕咕……元宝！"

元宝闻声探头一瞧，站起来欢呼："彩衣！彩衣！我们在这！"

彩衣扑着翅膀落到元宝跟前："元宝你还好吗？"

元宝道："我没事。小球找到了，被人关在前面小镇边的屋子里。彩衣，我们救不了小球……哦，这几位，都是好朋友……这位是我的朋友彩衣。"元宝边说边介绍着。

彩衣瞅着眼前老刀他们一个个庞然大物，不禁心里发怵。她跳上了元宝的后背，元宝温软的皮毛让她心里安定和踏实。她用尖喙碰了碰元宝的脖子柔声道："你们昨晚的事我听说了，芙蓉岭周边的鸟兽一夜之间都传开了。我离开大坪厝后，去了草帽山和芙蓉岭都没碰到你，在路上听到一群麻雀在议论，料想你们在这附近，我在半空盘旋了好几圈才看到你们。"

彩衣看了看大家又说："我赶过来就是想通知你们，小球他们已经不在那屋里了。"

大家啊呀一声，都盯着彩衣。

彩衣赶紧说："我清早寻你们时，在大路上看到一个人用一辆三轮摩托载着一个铁笼子往芙蓉岭去了。我看到笼子里有条彩色的狗尾巴，错不了！我一路跟上山，那人把铁笼子搁在那间铁皮房门前的空地上，然后去屋里抓了一根黑棍子，爬到遮阳棚边的一棵杉树上，躲在树叶里，坐在树权上，用黑棍子指着空地上的铁笼子，不知道在干吗……"

大家面面相觑。只有老刀心下了然，他冷笑道："哼哼，那人在山上藏着一把猎枪，大概也只有在山上他才敢开枪，所以把铁笼子运回芙蓉岭，设了个陷阱，诱我过去，他好躲在树上开枪打我，哼哼！"

惊雷淡淡道："只要出了人的窝，都好办，我们这就上山去！"

老刀点头道："走！"

遮阳棚边的这棵杉树，枝繁叶茂，在树上便以藏身，又视野开阔，对着铁皮房前的空地凭高视下，黑鬼很满意自己设的陷阱。黑鬼出身屠夫世家，也是世袭猎户，他对自己狩猎技术和枪法都很自信。前两次是被动防御，这一回是主动伏击，而且又有猎枪在手，那条黑野狗插翅也难飞！黑鬼心里一阵兴奋，他知道那群狗能找到店里去，也能更快找回山上来。他深吸了一口气，眼睛直勾勾盯着铁笼子，耐心等待着。

午后的天空更加阴沉，芙蓉岭上山风萧瑟。老刀带着大家从侧边摸上了芙蓉岭，小心翼翼地趴在一大片羊齿蕨中。老刀想着几天前，铁头和自己就躲在这片草丛林，他心里一阵刺痛，咬着牙警惕地向前张望。

透过羊齿蕨叶片的缝隙，可以看到不远处的那间铁皮房，以及房前空地上的铁笼子。小球他们一动不动地缩在笼子里——饥饿、恐惧和伤痛已让他们精疲力竭奄奄一息。遮阳棚一侧的那棵杉树上，果然隐约有一团黑影藏在树叶里，山风飒飒，树叶起伏，那黑影似乎也在随风扭动，仿佛山林间的一团幽灵。

老刀压低声音恨恨道："那空地无遮无挡，一接近笼子就会成为枪靶子！"

"我在想……"惊雷沉吟道，"如果我绕到树后面，用力撞击树干，吼叫吓唬，那人有可能摔下树来，那就好办了……那人没穿白衣服的，不难对付……"

"不行！"老刀马上摇头，"如果那人在树上近距离朝树下开枪，你会更危险。雷哥，拼命的事我自己来，我请你下山，不能连累你受伤。我再想想，你等下只要找准机会打开铁笼子就好。"

惊雷默然点点头。

时间一分一秒地熬着，大家左思右想，不得其法。元宝看着前面的铁笼子，心如炭烤，喘着粗气道："我们冲过去抢笼子就好了。那人在树上，哪里能打得到我们？也不能一直等下去，小球好像伤得很重，不知道怎样了……"

大家一听就知道元宝从未见识过枪械的威力，都苦着脸看了看元宝，不知道说什么才好。

彩衣跟在身后，听到元宝焦虑的声音，心下不忍，她想了想，突然展翅飞起，在空中画出一道弧线，轻巧地落在铁笼子上。

大家吓了一跳，全都瞪大了眼睛，心都提到嗓子眼上。

黑鬼正耐着性子守着，突然看到铁笼子上落下一只飞鸟，他也吓了一跳。直觉告诉他，那条黑野狗已经来了。他调整好姿势，握紧了猎枪，全神贯注盯着铁笼子。

就在这时，谁也没有发觉，一条三米多的眼镜蛇正吐着信子，绕着树干，无声地爬上这棵杉树。

彩衣的爪子踩着铁笼子的顶部，嗒嗒轻响，她冲着笼子里叫："咕咕！小球！咕咕！小球！"

小球趴着一动不动。小刀却被惊醒，他抬头看到一只斑鸠在叫唤小球，顾不上纳闷，也舔着小球的鼻子叫唤，小球依然没有反应。小刀大哭起来："小球姐姐，你怎么啦？小球姐姐，你快醒醒呀！"

元宝听着小刀的哭喊，胸口剧烈地起伏着，他突然大吼一声，冲出羊齿蕨丛，径直扑向铁笼子，咬住笼子的铁栏，使劲往后拖。

黑鬼看到一条狗突然冲了出来，神经一紧，枪口对准了元宝，一看却是条大黄狗。那带头的黑野狗呢？怎么还不出来？黑鬼咬咬牙等着。

"元宝……"老刀大骇，刚要阻止已经来不及了。他看到元宝咬着笼子艰难地一点点往后拖，再也无法细想了，闷头冲了出去。惊雷也怒吼一声扑上去，身后所有的野狗全都哗啦一声紧跟上去，芙蓉岭上噪声大作。

黑鬼看到老刀终于出现，大喜过望，枪口迅速对准老刀，正要扣动扳机，却看到一头黑熊紧跟其后。黑鬼顿时瞪大双眼，简直难以相信自己的眼睛，他全身汗毛都竖了起来！打死大帅的原来是这头黑熊！黑鬼从未猎杀过熊，如果能拿下这头熊，岂不是威名远扬、大发横财！他马上把枪口对准了惊雷，又一想：如果这一枪下去，那条黑野狗只怕惊吓逃窜，这口气何时能出？他又把枪口指向了老刀。

正迟疑间，跟在后面的五六条野狗也围住了铁笼，老刀和惊雷已经扑到铁笼前，空地上一下子密密麻麻都是狗在跑动。黑鬼一阵慌乱，就在老刀和惊雷身影重叠的一瞬间，黑鬼本能地扣下了扳机。

"轰"的一声枪响，子弹擦过惊雷的左肩，又穿过老刀的右腿。惊雷和老刀同时大叫一声，跌倒在地，又翻身爬起。

黑鬼赶紧把枪口又对准了惊雷，正要开枪，眼角突然瞥到异样的动静，扭头一瞧，只见一条粗大的眼镜蛇缠绕在左手边的一根树枝上，立起了上半身。那蛇看到黑鬼转头，立即怒张颈部，开嘴亮齿，"嘶"地一口咬向黑鬼的脸。黑鬼本能地举起左手一挡，蛇牙登时咬在了黑鬼的手背上。黑鬼惊恐地惨叫一声，连人带枪，摔落树下。

那眼镜蛇昂着头看着天空，仿佛在思索着什么："嘶……惊雷……"随后迅速滑下杉树，一转眼钻进草丛不见了。

老刀看到黑鬼惨叫着摔下树来，想都不想就扑了过去，他半辈子都在搏斗厮杀，太清楚这战机千载难逢。他顾不得腿上的伤，用三条腿蹦着几步就扑到黑鬼身上，张嘴就往黑鬼脖子上咬去，黑鬼惨叫着抵挡挣扎。

元宝见状，心里咯噔一下，仿佛想起了什么重大的事情，可又说不出是什么，只是本能地冲过去，用头抵住老刀的脖子大叫："老刀头领，不能杀人！我们不能杀人！"

老刀咬住黑鬼的脖子，把元宝甩到一边怒吼道："你在说什么！他杀了铁头！他杀了那么多狗呀！你到底在说什么！"

元宝爬起来一头撞过去，把老刀从黑鬼身上撞开，哀求道："我们跟他不一样，我们跟人不一样！我们不能杀人！"

老刀怒不可遏，正要发作，空地上突然响起一阵欢呼。惊雷在那边用他那大得出奇的右掌，几下就把铁笼子的整扇门都扯裂开了，笼子里的狗纷纷爬出。

小刀大叫着："爸爸！爸爸！"

老刀瞪了一眼元宝，又狠狠瞪了一眼黑鬼，转头奔向儿子。元宝也赶紧跟了上去。

黑鬼惊魂未定，伸手摸到了掉在一旁的猎枪，顿时恶念徒增，抓起枪瞄准了老刀的后背。元宝听到动静，扭头一看，一下想到刚才枪响之后惊雷和老刀的惨叫，电光石火之间，元宝又一头撞向老刀的后背。

"轰！"

枪声随即响起，老刀被元宝撞出一个跟头，子弹擦过元宝的头皮，穿过他的右耳，击中了一旁遮阳棚里那副煤气灶下的液化气瓶。

"轰隆！"同时一声巨响，爆炸声响彻云霄，整个芙蓉岭似乎都震动起来了。遮阳棚和铁皮房瞬间被炸塌，火光冲天，碎片四溅，一团巨大的火焰一下子吞没了坍塌的铁皮房，也吞没了旁边那棵在上一次烈火中幸存的芙蓉树。

大家都被这从未见过的爆炸吓得趴在地上。

黑鬼看着烈火中的铁皮房，再看看自己逐渐肿大变黑的左手，面目狰狞，瞳孔爆缩，突然"啊……啊……啊……"疯狂地大叫起来。他爬起身趔趔趄趄奔向停在路旁的三轮摩托，颤巍巍跨上车，发疯似的逃下山去。

老刀最先清醒过来，忍着腿上的枪伤咬牙站起，使劲晃了晃头，抖了抖身上的尘土。他看了看身旁抱着头缩成一团的元宝，看了看一只手抱着小刀、另一只手护着铁笼子的惊雷，看了看趴在地上的兄弟们，又看了看眼前熊熊

燃烧的火堆，胸中激荡着无与伦比的愤慨和快意，突然对着火堆昂首大叫起来："汪汪汪……汪汪汪……"

吓趴在地上的野狗们，听到头领雄壮的怒吼，也纷纷站起身来，跟着老刀对着火堆狂吠，连小刀也挣开惊雷的手掌，站到爸爸身边吠叫起来。

"汪汪汪汪……"

"汪汪汪汪……"

一时间，芙蓉岭上众狗齐吠，撕心裂肺般的声浪一阵高过一阵。火焰上方的浓烟，时而在山风里怒卷，时而在吠声中崩散，似乎整片

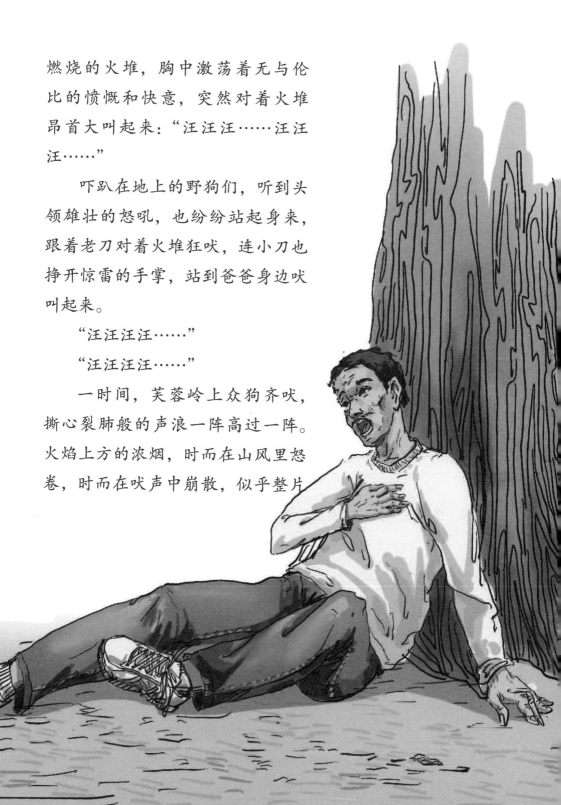

山岭所有草木焦土都在倾听、所有枉死在其间的鸟兽猫狗都在应和。

元宝在吠声中晃着脑袋慢慢站起来，爆炸声轰得他吱吱耳鸣，子弹划破了他的头皮，崩掉了他的右耳，血顺着额头淌到右眼。他眯着眼睛寻找小球，看到其他狗都逃出笼子了，小球却依然躺在笼子里不动。元宝大吃一惊，跌跌撞撞跑过去大喊起来："小球！你出来呀！小球！你醒醒，你怎么啦？"

大家闻声都停止了吠叫，纷纷围到笼子边。惊雷双掌把小球捧出笼子，轻轻放在地上。小球面目浮肿，泪眼微睁，气若游丝，凝固的血在她淡黄的背部皮毛和彩色的尾巴上结成了暗褐色的血块。

那老狗死里逃生，恍如再世，此时在一旁哽咽道："昨晚在那院子里，那人用刀要伤小刀，小球护着挡了一刀……"

元宝趴在小球身边，蹭着她的脸，嘤嘤哀鸣。

老刀神情凝重，他舔了舔小球背上的伤口，然后在小球鼻尖嗅了又嗅，想了想对元宝说："我们回草帽山，狗的窝，能救狗的伤。"

惊雷伸出右掌把小球抱在怀里，抬头嗅了嗅天空："天黑之前，雨要来了。"说完转身先行，大家紧随其后，纷纷向芙蓉岭山下跑去。

在山路拐弯处，元宝回头看了一眼还在毕剥燃烧的芙

芙蓉岭历险记

蓉树，想起了九歌和芙蓉，想起了他们的歌。

芙蓉岭上有芙蓉
芙蓉树下日匆匆……

20

天还没大亮，整个芭蕉村还在酣睡之中。

元宝家院子围墙边的柿子树，落了一地叶，秋分将至，落叶干爽香脆。

元宝一路小跑着，扑向这一堆落叶，他站在落叶上咬着自己的尾巴打着转，又躺下左右翻滚着，压得叶片咔嚓脆响，他叼起一片叶子抛在半空，用两只前足上下扑腾，愉快地喘息着。

小球慢慢跟在元宝身后，笑盈盈看着元宝玩闹，她面容憔悴，却笑颜嫣然。她默默走近元宝，挨着元宝趴在柿子叶上。芭蕉村熟悉的清晨的空气，像一缕清冽的甘泉注入小球的鼻子，她轻轻晃了晃彩色的尾巴，下巴搁在前腿上，甜甜地睡着了。

不远处的一棵老枇杷树下，老黑默默地看着元宝和小球，老泪纵横，往事就像秋天的落叶般在他的脑海里飘荡。他看了一会儿，默默地转身离开，那条瘸了的左腿在晨曦中微微颤抖。

天亮了，亮晶晶的阳光洒在芭蕉村的乡间小路上。一只珠颈斑鸠悄然落在元宝和小球头顶的柿子树上，正要开口叫唤，就看到一个小胖妹从围墙边的小路上走来。